Deseo™

El príncipe de sus sueños

CATHERINE MANN

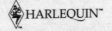

HARLEQUIN™

Editado por HARLEQUIN IBÉRICA, S.A.
Núñez de Balboa, 56
28001 Madrid

I.S.B.N.: 978-84-671-9974-1
Depósito legal: B-6761-2011
Editor responsable: Luis Pugni
Preimpresión y fotomecánica: M.T. Color & Diseño, S.L.
C/ Colquide, 6 portal 2 - 3º H. 28230 Las Rozas (Madrid)
Impresión en Black print CPI (Barcelona)
Fecha impresion para Argentina: 10.10.11
Distribuidor exclusivo para España: LOGISTA
Distribuidor para México: CODIPLYRSA
Distribuidores para Argentina: interior, BERTRAN, S.A.C. Vélez
Sársfield, 1950. Cap. Fed./ Buenos Aires y Gran Buenos Aires,
VACCARO SÁNCHEZ y Cía, S.A.
Distribuidor para Chile: DISTRIBUIDORA ALFA, S.A.

Prólogo

GlobalIntruder.com
¡Exclusiva!

FAMILIA REAL AL DESCUBIERTO

¿Su vecino es un príncipe? ¡Podría ser!

Gracias a la certera identificación hecha por uno de los fotógrafos de Global Intruder, hemos conseguido la exclusiva del año: los miembros de la depuesta monarquía de San Rinaldo no están ocultos en una fortaleza en Argentina, como se rumoreaba. Los herederos de la familia real Medina de Moncastel, con sus millones, llevan décadas viviendo con nombres falsos y mezclándose con los estadounidenses de a pie.

Se dice que el pequeño de la familia, Antonio, vive en Texas y tiene una novia camarera, Shannon Crawford. Pero debería andarse con ojo ahora que se ha descubierto el secreto del magnate naviero.

Mientras tanto, no teman, señoras: sigue habiendo dos Medina de Moncastel disponibles. Nuestras fuentes revelan que Duarte vive en su mansión de Martha's Vineyard y Carlos, cirujano, reside en Tacoma. Habrá que preguntar si hace visitas a domicilio…

Aún no se sabe nada del padre, el rey Enrique, antiguo regente de San Rinaldo, una isla situada al oeste de la costa española, pero nuestros reporteros le siguen la pista.

Para más información sobre cómo detectar a un príncipe, entra en GlobalIntruder.com. Y recuerda, nosotros te lo hemos contado primero.

Capítulo Uno

–El rey se come a la reina –anunció Tony Medina, tomando las fichas del centro de la mesa.

Sin prestar atención a la llamada de su iPhone, Tony se guardó las ganancias. No solía tener tiempo para jugar al póquer desde que su empresa de barcos de pesca salió a Bolsa, pero pasar el rato en la trastienda del restaurante de su amigo Vernon en Galveston era algo que hacía a menudo últimamente. Desde que conoció a Shannon.

Antonio miró hacia la puerta del restaurante para ver si la veía pasar con su uniforme de camarera, pero no había ni rastro de Shannon y se sintió decepcionado.

Un móvil sonó en ese momento, pero su propietario cortó la comunicación de inmediato, como era la costumbre cuando jugaban al póquer.

Sus compañeros de juego tenían cuarenta años más que él, pero Vernon, el antiguo capitán de barco convertido en restaurador, le había salvado el pellejo muchas veces cuando era un crío. Y si Vernon lo llamaba, Antonio hacía todo lo posible por aparecer. Y el hecho de que Shannon trabajase allí lo animaba aún más.

Vernon se levantó de la silla.

–Hay que ser valiente para cerrar sólo con un rey, Tony –le dijo, con esa voz ronca de haber gritado durante años en la cubierta de un barco. Su rostro tenía un bronceado perpetuo y sus ojos estaban rodeados por una telaraña de arrugas que le daban carácter–. Pensé que Glenn llevaba una escalera.

–Ah, el mejor de todos me enseñó a tirarme faroles –Antonio, o Tony Castillo como se le conocía allí, sonrió.

Una sonrisa desarmaba más que un ceño fruncido y él siempre sonreía para que nadie supiera lo que estaba pensando. Pero ni siquiera su mejor sonrisa le había logrado el perdón de Shannon después de su primera pelea durante el fin de semana.

–Tu amigo Glenn tiene que aprender a mentir mejor.

Glenn, un adicto al café, lo bebía de manera compulsiva cuando estaba tirándose un farol. Por alguna razón, nadie parecía haberse dado cuenta, pero él sí.

Vernon guardó las cartas.

–Sigue ganando y no dejarán que vuelvas a venir.

Tony soltó una carcajada. Aquél era su mundo. Se había hecho una vida en Galveston y no quería saber nada del apellido Medina de Moncastel.

Ahora era Tony Castillo y su padre parecía haberlo aceptado.

Hasta unos meses antes.

El depuesto rey enviaba mensaje tras mensaje exigiendo que regresara a la isla de la costa de Florida. Pero Tony había dejado atrás esa jaula dorada en cuanto cumplió los dieciocho años y no había vuelto a mirar atrás. Si su padre estaba tan enfermo como decía, sus problemas tendrían que ser resueltos en el cielo... o tal vez en un sitio aún más caluroso que Texas.

Mientras octubre significaba días de frío para sus dos hermanos, él prefería los largos veranos de la bahía. Incluso en octubre, el aire acondicionado estaba encendido en el restaurante del histórico distrito de Galveston.

Los acordes de una guitarra flamenca flotaban por el restaurante, junto con el murmullo de voces de los clientes. El negocio florecía y Tony se encargaba de que así fuera. Vernon le había dado un trabajo a los dieciocho años, cuando nadie más confiaba en un adolescente con un documento de identidad sospechoso. Catorce años y muchos millones de dólares después, había decidido que era justo que parte de los beneficios del negocio que había levantado fuesen a parar a un plan de jubilación para el viejo capitán de barco. Un plan de jubilación en forma de restaurante.

Vernon empezó a repartir de nuevo y Glenn apagó su BlackBerry, que no dejaba de sonar, para mirar las cartas.

Tony alargó una mano para tomar las suyas… y se detuvo, aguzando el oído. Le había parecido escuchar una risa femenina entre el sonido de la guitarra y las voces de los clientes.

La risa de Shannon. Por fin. El simple sonido lo volvía loco después de una semana sin ella.

De nuevo, miró hacia la puerta, flanqueada por dos estrechas ventanas. Shannon pasó por delante para anotar un pedido sobre el mostrador, guiñando los ojos bajo sus gafas de montura ovalada, las gafas que le daban ese aire de maestra de escuela que tanto lo excitaba.

Llevaba la melena rubia recogida en un moño que ya era parte de su uniforme, una falda negra por la rodilla y un chaleco oscuro. Estaba tan sexy como siempre, pero parecía agotada.

Maldita fuera, él podría retirarla sin dudarlo un momento. El fin de semana anterior se lo había dicho cuando se vestía después de hacer el amor en su mansión de Bay Shore, pero Shannon no quería su ayuda. De hecho, no le devolvía las llamadas desde entonces.

Una mujer sexy y muy testaruda. No le había ofrecido ponerle un piso como si fuera su amante, por Dios bendito. Sólo estaba intentando ayudarla a ella y a su hijo de tres años. Shannon siempre había jurado que haría lo que fuera por Kolby.

Pero mencionar esto último no le había granjeado su simpatía precisamente. No, aún le dolían los oídos después del portazo que había dado al marcharse.

La mayoría de las mujeres que conocía se habrían puesto a dar saltos de alegría ante la idea de recibir dinero o regalos caros, pero Shannon no era así. Al contrario, parecía molestarle que fuese rico.

Había tardado dos meses en convencerla de que tomase un café con él y dos meses más en acostarse con ella. Y después de cuatro semanas juntos, seguía sin entenderla.

Muy bien, había hecho una fortuna en la bahía Galveston como importador de pescado y como constructor de barcos más adelante. Pero la suerte había jugado una baza importante al llevarlo allí; él sencillamente estaba buscando una zona de costa que le recordase a su casa.

A su auténtico hogar, en la costa española, no la isla en la que vivía su padre y de la que había escapado el día que cumplió dieciocho años para vivir una nueva vida con un nombre nuevo. Ya no era Antonio Medina de Moncastel, sino Tony Castillo. Aunque el nuevo apodo era uno de los múltiples apellidos de su familia, en la rama materna, Tony Castillo había jurado no volver nunca a la isla y había cumplido su promesa.

Y no quería ni pensar en el susto que se llevaría Shannon si conociera el secreto de su identidad. Aunque era un secreto que no podía compartir con nadie.

Vernon dio un golpecito en la mesa para llamar su atención.

—Tu teléfono no deja de sonar. Podemos parar un momento mientras contestas.

Tony desconectó su iPhone sin mirarlo siquiera. Sólo se olvidaba del mundo por dos personas: Shannon y Vernon.

—Es sobre el contrato en Salinas, pero voy a dejarlos sudar una hora más antes de llegar a un acuerdo.

Glenn tomó su taza de café, en la que siempre echaba un chorrito de whisky.

—O sea, que cuando no nos devuelves una llamada, es que pulsas el botón sin mirar quién es.

—A mis amigos no les hago eso —dijo Tony, guardando el aparato en el bolsillo.

Pero entonces empezó a sonar el móvil de Vernon y el viejo capitán soltó sus cartas sobre la mesa.

—Es mi mujer, tengo que contestar —murmuró, levantándose—. Dime, cariño.

Se había casado siete meses antes y aún actuaba como un jovencito encandilado. Tony pensó entonces en el matrimonio de sus padres, aunque no había mucho que recordar porque su madre había muerto cuando él tenía cinco años…

Pero Vernon se había puesto pálido.

—Tony, creo que será mejor que compruebes esos mensajes.

—¿Por qué? ¿Ocurre algo?

—Eso tendrás que contárnoslo tú —dijo su amigo, con gesto de preocupación—. Bueno, en realidad puedes olvidarte de los mensajes y echar un vistazo en Internet.

—¿Dónde? —preguntó Tony, sacando su iPhone del bolsillo.

–En cualquier página, por lo visto –Vernon se dejó caer sobre una silla mientras Tony buscaba en su iPhone las noticias de última hora…

La familia Medina de Moncastel al descubierto

La depuesta monarquía de San Rinaldo localizada

Parpadeando furiosamente, Tony leyó lo último que había esperado leer en toda su vida, pero lo que su padre había temido siempre. Y siguió leyendo hasta llegar a la última frase:

Conoce a la amante de Antonio Medina de Moncastel

Tony miró hacia el mostrador de camareros, donde había visto a Shannon unos minutos antes.

Seguía allí y tenía que hablar con ella lo antes posible.

Cuando se levantó, las patas de su silla arañaron el suelo en medio del silencio mientras los amigos de Vernon comprobaban sus mensajes. El instinto le había servido bien durante todos esos años, ayudándolo a tomar decisiones multimillonarias…

¿Y antes de eso? Un sexto sentido lo había ayudado mientras escapaba por el bosque, huyendo de los rebeldes que habían tomado el poder en San Rinaldo. Rebeldes que no habrían dudado en disparar a un niño de cinco años.

O en asesinar a su madre.

La idea de ocultarse tras el apellido Castillo tenía como objetivo algo más que preservar su privacidad: lo había hecho para salvar la vida. Aunque su familia se instaló en una isla de la costa de Florida después del golpe de Estado, nunca habían podido bajar la guardia. Y, maldita fuera, él había colocado a Shannon en medio de todo aquello sencillamente porque quería acostarse con ella. *Tenía* que acostarse con ella.

Tony salió de la trastienda y tomó a Shannon por los hombros... pero supo que había llegado tarde porque ella lo miraba con un brillo de horror en los ojos. Y, por si tuviera alguna duda, el móvil que tenía en la mano lo decía todo.

Shannon lo sabía.

Shannon no quería saberlo.

Los rumores que la niñera de su hijo había leído en Internet tenían que ser un error o una mentira. Como los artículos que ella misma había leído en el servicio de Internet de su móvil.

En la red se publicaban todo tipo de falsedades. La gente podía decir lo que le diese la gana para luego retractarse al día siguiente.

Y el roce de las manos de Tony sobre sus hombros era tan familiar, que no podía ser un extraño.

¿Pero no había cometido ese mismo error con su difunto marido, creyendo en las apariencias porque quería hacerlo?

No, era absurdo. Tony no era Nolan y todo aquello debía de tener una explicación, estaba segura. Se habían peleado porque insistía en darle dinero, una oferta que la ponía de los nervios. ¿Pero y si Tony era de verdad un príncipe?

Shannon sacudió la cabeza, incrédula. Sabía que tenía mucho dinero, pero si pertenecía a una familia real… no quería ni imaginarlo.

–Respira –le dijo Tony.

–Estoy bien –murmuró Shannon.

Ahora que su visión se había aclarado se dio cuenta de que Tony había ido empujándola suavemente hacia la trastienda.

–Respira profundamente –su voz sonaba tan serena como siempre.

Pero no parecía texano. O sureño. O del Norte. En realidad, tenía un acento neutro, como si se hubiera esforzado por borrar sus orígenes.

–Tony, por favor, dime que vamos a reírnos de esta tontería.

Él no contestó. Estaba tan serio que casi no lo reconocía. Desde el principio había sido evidente que era un hombre rico. Por su ropa, por su estilo de vida, pero sobre todo por su actitud, por cómo se movía. Shannon se fijó en su aristocrática nariz, en sus marcados pómulos. Era un hombre tan guapo, tan encantador, que se había dejado conquistar por su sonrisa.

Pero no quería aceptar que estaba saliendo con un hombre rico dado el bagaje que llevaba de su difunto marido: un timador, un estafador.

También se había dejado cegar por el mundo

de Nolan, pero descubrió demasiado tarde lo que era.

El sentimiento de culpabilidad por las vidas que había destrozado su marido aún la dejaba sin aliento, pero debía ser fuerte por Kolby.

–Contéstame, Tony.

–Éste no es el sitio más indicado para hablar de eso.

–¿Cuánto tiempo se tarda en decir: «todo es un rumor sin fundamento»?

Tony le pasó un brazo por los hombros.

–Vamos a buscar un sitio más tranquilo.

–Dímelo ahora –insistió ella, apartándose del aroma a menta, a madera de sándalo, el olor de exóticos placeres.

Tony, Antonio, el príncipe, quien fuera, bajó la cabeza para mirarla a los ojos.

–¿De verdad quieres que hablemos aquí, donde cualquiera podría escuchar la conversación? Los paparazzi aparecerán en cualquier momento.

Los ojos de Shannon se llenaron de lágrimas.

–Bien, hablaremos en un sitio más tranquilo.

Tony la llevó a la cocina y ella lo siguió instintivamente mientras oía cuchicheos a sus espaldas. ¿Ya lo sabía todo el mundo? Los móviles no dejaban de sonar y vibraban en las mesas, como si Galveston hubiera sufrido un terremoto.

Nadie se acercó para hablar con ella, pero podía oír fragmentos de conversaciones…

–¿Podría ser Tony Castillo…?

–Medina de Moncastel…

14

–Con esa camarera…

Los murmullos aumentaban de volumen como el ataque de una plaga de langosta sobre el paisaje texano. Sobre su vida.

Atravesaron la cocina, con el chef y los camareros en silencio, y Shannon lo siguió sin decir nada. Cuando salieron a la calle, el último sol de la tarde iluminaba sus bronceadas facciones. Siempre le había parecido que tenía un aspecto extranjero, pero había creído la historia de la muerte de sus padres, que habían emigrado de Sudamérica. Sus propios padres habían muerto en un accidente de coche antes de que terminase la carrera y había pensado que compartían una infancia similar.

Pero ahora… no estaba segura de nada salvo de cómo la traicionaba su cuerpo, que quería apoyarse en él, disfrutar del placer que sólo Tony podía darle.

–Tengo que decirle a alguien que me marcho. No puedo perder este trabajo –dijo entonces. Necesitaba el dinero y no podía esperar a encontrar un trabajo de profesora… si podía encontrar un puesto de profesora de música con los recortes que había hecho el gobierno en el mundo de las artes.

Y no había mucha gente que quisiera lecciones de oboe.

–Yo conozco al propietario, ya lo sabes –dijo Tony, pulsando el mando que abría su coche.

–Sí, claro. ¿En qué estaba pensando? Tú tienes contactos en todas partes.

¿Volvería a encontrar trabajo si los rumores sobre Tony eran ciertos?, se preguntó. No había sido fácil encontrarlo mientras la gente la asociaba con su difunto marido. Ella no era culpable de nada, pero muchos seguían creyendo que debía de saber algo sobre las actividades ilegales de Nolan.

Ni siquiera hubo un juicio en el que dar su versión porque su marido murió veinticuatro horas después de pagar la fianza y salir de la cárcel.

Shannon oyó que Tony soltaba una palabrota, de las que le prohibía decir delante de Kolby, un segundo antes de ver a un grupo de gente con cámaras y micrófonos en la mano.

Maldiciendo de nuevo, Tony abrió la puerta del deportivo y consiguieron entrar antes de que los reporteros empezasen a golpear el cristal con los puños.

El corazón de Shannon latía con la misma fuerza que el motor del poderoso deportivo. Si aquélla era la vida de los ricos y famosos, ella no quería saber nada.

Tony arrancó, dejando atrás a los reporteros, y se dirigió al centro histórico de la ciudad mientras Shannon se agarraba al borde del asiento.

Las manos colocadas firmemente sobre el volante, el carísimo reloj brillando con los últimos rayos del sol que entraban por la ventanilla, Tony parecía tranquilo. Y, aunque la idea de ser perseguida por los paparazzi le daba pánico, estando con él se sentía segura.

Lo suficiente como para olvidar su miedo y mirarlo con expresión furiosa.

–Ahora estamos solos. Cuéntame la verdad.

–Es un poco complicado –dijo él, mirando por el retrovisor–. ¿Qué quieres saber?

–¿Perteneces a una familia real, ésa que todo el mundo pensaba se escondía en Argentina?

Tony apretó las manos en el volante.

–Los rumores son ciertos, Shannon.

Y ella había pensado que nadie volvería a romperle el corazón….

Se había acostado con un príncipe. Lo había dejado entrar en su casa, en su cuerpo y estaba considerando dejarlo entrar en su corazón. ¿Cómo podía haber creído esa historia de que trabajaba en un barco desde que era adolescente? Había pensado que el tatuaje era algo que se había hecho como se lo hacían todos los marineros…

–Y tu nombre no es Tony Castillo, claro –Shannon se llevó una mano a la boca al sentir una oleada de náuseas. Se había acostado con un hombre cuyo nombre ni siquiera conocía.

–Técnicamente, podría serlo.

Ella golpeó el asiento con el puño.

–No estoy interesada en tecnicismos. En realidad, no estoy interesada en la gente que me miente. ¿Tienes treinta y dos años o también eso es mentira?

–No fue decisión mía ocultar ciertos detalles de mi vida, Shannon, tengo que pensar en mi familia. Pero si te sirve de consuelo, sí tengo treinta y dos años. ¿Tú tienes veintinueve?

–No tengo ganas de bromas –replicó ella, tocándose el dedo en el que una vez había llevado un diamante de tres quilates. Tras el entierro de Nolan se lo había quitado y lo había vendido, junto con todo lo demás, para pagar la montaña de deudas que había dejado su marido–. Debería haber imaginado que eras demasiado bueno para ser de verdad.

–¿Por qué dices eso?

–¿Quién es multimillonario a los treinta y dos años sin haber heredado el dinero?

Él levantó una ceja, arrogante.

–Yo no lo he heredado, te lo aseguro. Lo que tengo lo he conseguido yo solo.

–Vaya, siento haberte molestado, Tony. ¿O debería llamarte Majestad? Según algunos de los artículos que han publicado, yo soy la amante de «Su Majestad».

–En realidad, sería Alteza –dijo él, sin poder disimular una sonrisa–. Majestad es el título del rey, no del príncipe.

¿Cómo podía mostrarse tan despreocupado?

–Pues por mí puedes quedarte con tu título y…

–Sí, entiendo –Tony se dirigió a la autopista de la costa, las oscuras olas se movían debajo de ellos–. Pero tienes que calmarte para que pueda explicártelo.

–No lo entiendes. No puedo calmarme. Me has mentido en todos los sentidos. Nos hemos acostado juntos y… –Shannon no terminó la frase cuando las imágenes de ellos dos en la cama le quitaron el aliento–. Deberías habérmelo contado. A menos que yo no sea nada para ti, claro. Me imagino que si tuvieras que contárselo a todas las mujeres con las que te has acostado, no habría secreto.

–Por favor, Shanny –dijo él entonces, haciendo un gesto con la mano, el brillante Patek Philippe contrastaba con sus rudas manos de marinero–. Eso no es verdad. Y era más seguro que no lo supieras.

–Ah, claro, es por mi propio bien entonces –Shannon se abrazó a sí misma como para intentar escudarse del dolor.

–¿Qué sabes de mi familia?

–No mucho, sólo que tu padre era el rey de un pequeño país antes de que lo derrocasen tras un golpe de Estado. Tu familia lleva escondiéndose desde entonces para no hablar con la prensa.

–¿La prensa? Eso no es lo que preocupa a mi familia, Shannon. Han intentado matar a mi familia… de hecho, asesinaron a mi madre. Hay gente que ganaría mucho dinero y poder si los Medina de Moncastel fuesen borrados del mapa.

Ella lo miró entonces, sorprendida. Incluso en ese momento, dolida, le gustaría abrazarlo, besarlo, para olvidar aquella locura. Para recuperar aquello que habían encontrado la primera vez que hicieron el amor en su mansión de la bahía Galveston.

–Créeme, el mundo es un sitio muy duro y ahora mismo alguno de esos canallas me estará buscando a mí, a mi familia, a cualquiera que esté en contacto con nosotros. Te guste o no, haré lo que tenga que hacer para protegerte. A ti y a Kolby.

¿Su hijo? ¿Por qué no había pensado en eso?

–Llévame a casa, Tony.

–Ya he enviado un guardaespaldas, no te preocupes.

¿Un guardaespaldas?

–¿Cuándo? –le preguntó, sorprendida.

–Le envié un mensaje a mi gente en cuanto supe la noticia.

Ah, «su gente». Tony no era sólo el multimillonario magnate que había creído, también era un príncipe, un hombre que había vivido una vida de privilegios más allá de lo que pudiera imaginar.

–Entonces de verdad eres un príncipe. Eres parte de una derrocada familia real.

–Mi nombre es Antonio Medina de Moncastel... y varios apellidos más. Nací en San Rinaldo y soy el tercer hijo del rey Enrique y la reina Beatriz.

Shannon tragó saliva, incrédula. ¿Cómo podría haber imaginado eso cuando lo conoció cinco meses antes en el restaurante, jugando al póquer con el propietario?

–Esto es demasiado raro.

Y aterrador.

Todo aquello la dejaba mareada, asustada de verdad.

–Esas cosas pasan en las películas, en las novelas...

–O en mi vida. Y en la tuya ahora.

–No, no puedo seguir viéndote. Lo siento, pero se terminó.

Tony paró en una señal de stop y se volvió para mirarla.

–¿De verdad quieres que dejemos de vernos?

El corazón de Shannon se volvió loco cuando lo miró a los ojos. Intentó contestar, pero tenía la boca seca. Y cuando Tony pasó los dedos por sus brazos, un gesto tan sencillo, todo su cuerpo empezó a vibrar.

Allí, en medio de aquella increíble situación, su cuerpo la traicionaba como le ocurría siempre con él.

Pero tenía que ser dura.

–Corté contigo el fin de semana pasado.

–Eso fue una pelea, no una ruptura.

–Da lo mismo –Shannon se pegó a la puerta del coche–. No podemos seguir viéndonos.

–Pues es una pena porque vamos a pasar mucho tiempo juntos a partir de ahora. No puedes quedarte en tu apartamento.

–¡No pienso ir contigo a ningún sitio!

–No puedes esconderte, Shannon. Es imposible. Vayas donde vayas, te encontraré. Siento mucho no haber previsto que esto podía pasar, pero ha pasado y tenemos que enfrentarnos a ello.

Ella lo miró, asustada.

–No tienes derecho a jugar con mi vida y con la de mi hijo.

–Estoy de acuerdo –asintió él–. Pero tengo que protegerte de las consecuencias de esta inesperada revelación. Y soy el único que puede hacerlo.

Capítulo Dos

Había un guardaespaldas en la puerta del edificio. Un guardaespaldas, por Dios bendito, un tipo fuerte de traje oscuro que parecía un miembro del servicio secreto. Y Shannon tuvo que hacer un esfuerzo para no ponerse a gritar.

Desesperada por ver a su hijo, sacó la llave del bolso con la absurda esperanza de que, una vez en su apartamento, todo volviera a la normalidad.

Tony no podía hablar en serio al decir que tenía que hacer las maletas porque se iban de Galveston. No, sólo estaba utilizando la situación para que hicieran las paces.

¿Pero qué podía querer un príncipe con una persona como ella?

Al menos no había reporteros en el aparcamiento y los vecinos parecían estar tranquilamente en sus casas. Había elegido aquel edificio porque era muy tranquilo, con balconcitos en todos los apartamentos. Y porque tenía un pequeño patio de juegos, el único lujo que se permitía a sí misma. Ella no podía darle a Kolby un enorme jardín, pero al menos tenía un sitio para jugar al aire libre.

Y ahora tendría que volver a empezar…

–Por favor, sujétame el bolso. Me tiemblan las manos.

Tony hizo una mueca.

–Lo que tú digas.

–No es momento de poner mala cara porque tengas que sujetar un bolso de mujer.

–Estoy aquí para servirte –dijo él–. A ti y a tu bolso.

Shannon lo miró, irritada.

–Por favor, no hagas bromas.

–Pensé que te gustaba mi sentido del humor.

¿No había pensado ella lo mismo muchas veces? ¿Cómo podía despedirse de Tony?

Tony… para ella siempre sería Tony, no Antonio. Y, mientras abría el portal, tenerlo a su espalda la hacía sentir segura, debía reconocerlo.

Después de decirle que tendría que hacer la maleta había sacado el móvil del bolsillo para hablar con su abogado. Por lo visto, la noticia había corrido como la pólvora y nadie sabía cómo la habían descubierto los de Global Intruder. Tony no parecía enfadado, pero su amante, siempre sonriente, estaba muy serio ahora.

Tony intercambió unas palabras con el guardaespaldas mientras ella metía la llave en la cerradura de su apartamento, en el primer piso, pero cuando iba a entrar, se dio de bruces con la niñera, que salía a abrirle la puerta. Courtney, una universitaria que vivía en el mismo edificio, solía cuidar de Kolby y era ella quien le había enviado el mensaje contándole lo de Tony.

Sólo se llevaban siete años, pero cada vez que la miraba, Shannon se daba cuenta de que sus años de universidad, sus años de inocencia, habían quedado muy atrás.

—¿Dónde está Kolby?

La joven la miró sin poder disimular la curiosidad. Y era lógico, claro.

—Dormido en el sofá. He pensado que sería mejor quedarnos en el apartamento… por si algún reportero venía por aquí.

—Gracias, Courtney. Has hecho bien —murmuró Shannon, mirando al niño.

Su hijo, de tres años, estaba dormido en el sofá de piel, una de las pocas cosas que no había vendido tras la muerte de su marido porque, antes de la subasta, Kolby había hecho un agujero con un bolígrafo en uno de los brazos. Y Shannon lo había tapado con cinta adhesiva, agradeciendo tener algo con lo que empezar su nueva vida. Algo, un sofá. Era patético.

Pero tenía que ahorrar todo el dinero que le fuera posible por si hubiera alguna emergencia, ya que Kolby sólo la tenía a ella. Kolby, su niño, estaba tumbado en el sofá con su pijama… casi podía oler el talco desde la puerta.

—Tengo que pagarte, Courtney —murmuró.

Tony le devolvió el bolso, pero mientras buscaba el monedero le temblaban tanto las manos, que se le cayeron unas monedas al suelo.

¿Qué pensaría un niño de tres años si viera la fotografía de su madre en el periódico? ¿O la de

Tony? Se habían visto sólo en un par de ocasiones, pero Kolby sabía que era amigo de su mamá.

–Deja, ya me encargo yo –murmuró él–. Ve con tu hijo.

Shannon levantó la mirada, furiosa.

–Puedo pagar yo.

Levantando las manos, Tony dio un paso atrás.

–Como quieras. Yo me sentaré con Kolby entonces.

–Gracias por todo, Courtney.

–De nada, señora Crawford. Y no se preocupe, no voy a decirles nada a los reporteros. Yo no soy de las que venden a los amigos.

–Gracias, de verdad.

Shannon cerró la puerta y puso la cadena. Encerrándose en el apartamento con Tony, que ocupaba todo el pasillo. No sólo era un príncipe, sino un hombre, un hombre guapísimo. La clase de hombre que podría seducir a cualquier mujer, la clase de hombre que se quedaba en tus pensamientos y hacía que se te doblasen las rodillas.

¿Sólo había pasado una semana desde que hicieron el amor en el jacuzzi de su casa? Le parecía como si hubieran pasado meses.

Incluso sabiendo que no debía, su cuerpo seguía deseándolo.

Tony la deseaba.

En sus brazos.

En su cama.

25

Y, sobre todo, quería que subieran al coche para marcharse de allí lo antes posible. Debía hacer uso de toda su capacidad de persuasión para convencerla de que tenían que ir a su casa porque, aunque hubieran localizado su dirección, nadie podría pasar de la verja de entrada.

¿Pero cómo iba a convencer a Shannon?

Cuando volvió la cabeza para mirarla, sintió lo mismo que había sentido cinco meses antes, cuando la conoció. Vernon le había comentado que acababa de contratar a una nueva camarera, pero él no había prestado atención hasta que la vio...

Vernon le había contado que su marido, un estafador de la peor calaña, se había suicidado para no enfrentarse con una pena de cárcel. Shannon y su hijo se habían quedado en la ruina y había trabajado como camarera durante un año y medio en un restaurante de Louisiana antes de que él la contratase.

Tony la miró ahora tan atentamente como la había mirado aquella vez, cinco meses antes. Algo en sus ojos grises le recordaba el cielo antes de una tormenta. Tumultuosos, interesantes.

Era un reto.

Y llevaba mucho tiempo sin enfrentarse a un reto. Levantar su negocio de la nada lo había mantenido ocupado, pero ya estaba hecho.

Y entonces la había conocido a ella.

Llevaba toda su vida sonriendo ante los problemas y, por primera vez, encontraba a alguien que veía más allá de esa risueña fachada. Pero no sabía nada de ella, Shannon era un misterio.

Cada día lo desconcertaba más y eso hacía que la deseara más.

Apartándose de la puerta, Shannon se quitó los zapatos. En su casa se caminaba descalzo, se lo había dicho las dos veces que había estado allí, las dos únicas veces que lo había dejado entrar en su apartamento y sólo durante unos minutos. Cuando se acostaban juntos, lo hacían en su casa o en un hotel situado cerca del restaurante y Tony no esperaba que pasara nada con Kolby durmiendo a unos metros de ellos.

Y, a juzgar por su expresión, Shannon lo echaría de allí a patadas si intentase tocarla siquiera.

–Me quedaré con el niño mientras haces la maleta –murmuró, quitándose los zapatos.

–No, tenemos que hablar.

–¿De qué? La puerta de tu casa estará llena de reporteros por la mañana.

–Me iré a un hotel.

¿Con los veinte dólares que tenía en el monedero? Tony rezaba para que no fuese tan ingenua como para usar una tarjeta de crédito, porque eso sería como darle su dirección a la prensa.

–Podemos hablar después de que hayas hecho la maleta.

–Te repites como un disco rayado.

Tony intentó sonreír. Su casa olía a algo floral, un aroma que lo calmaba y lo excitaba al mismo tiempo, el mismo que había notado tantas veces cuando la abrazaba después de hacer el amor. Shannon nunca se quedaba a dormir, pero sí se adormilaba un rato sobre su pecho.

Cuando volvió a mirarla, ella dio un paso atrás.

–Tengo que cambiarme de ropa. ¿Seguro que no te importa quedarte con el niño?

No era un secreto que a Kolby no parecía caerle demasiado bien. Nada parecía funcionar con él, ni los helados ni los trucos de magia. Y Tony pensaba que seguramente seguía echando de menos a su padre.

A ese canalla que había dejado a Shannon en la ruina y con el corazón roto.

–Puedo hacerlo, no te preocupes. Tómate el tiempo que necesites.

–Gracias. Sólo voy a cambiarme de ropa, no voy a hacer la maleta. Antes tenemos que hablar, Tony… Antonio.

–Prefiero que me llames Tony.

–Muy bien.

Si pudiese aceptar que llevaba más tiempo siendo Tony Castillo que Antonio Medina de Moncastel…

Incluso había cambiado legalmente su apellido. Crear una persona nueva no había sido difícil, especialmente cuando ahorró lo suficiente como para abrir su negocio. A partir de entonces, todas las transacciones se hacían a través de la empresa y sus planes habían ido como él esperaba… hasta aquel momento. Hasta que alguien descubrió inesperadamente la nueva identidad que habían adoptado sus hermanos y él. De hecho, tenía que llamar a sus hermanos, con los que hablaba un par de veces al año.

Necesitaban un plan.

Sacando el iPhone del bolsillo, Tony se dirigió a la cocina, desde la que podía ver al niño sin despertarlo.

Primero, llamó a su hermano Carlos, pero saltó el buzón de voz, como había imaginado. Tony cortó la comunicación sin dejar un mensaje y llamó a Duarte.

–Dime, Antonio –escuchó la voz de su hermano. No hablaban a menudo, pero aquéllas eran circunstancias especiales.

–Me imagino que sabrás lo que ha pasado.

–Sí, me temo que sí.

–¿Dónde está Carlos? Acabo de llamarlo, pero no le localizo.

Sólo se tenían los unos a los otros cuando eran niños y ahora las circunstancias los obligaban a vivir separados. ¿Tendrían sus hermanos la misma sensación, como si les hubieran amputado un miembro?

–Su secretaria me ha dicho que lo llamaron urgentemente del hospital y que tardará al menos un par de horas en volver. Aparentemente, Carlos se enteró cuando estaba llegando al hospital, pero ya conoces a nuestro hermano –Duarte, el mediano, solía hacer de mensajero con su padre. Los tres se veían cuando podían, pero los recuerdos de su infancia eran tan tristes, que esas reuniones se habían ido espaciando.

–¿Cómo crees que se han enterado?

Su hermano masculló una maldición.

–Los de Global Intruder me hicieron una fotografía mientras estaba visitando a nuestra hermana.

Su hermanastra, Eloísa, hija natural de su padre como resultado de una aventura amorosa que mantuvo poco después de llegar a Estados Unidos. Enrique estaba destrozado por la muerte de su esposa y se sentía culpable por no haber podido evitarla. Aunque, aparentemente, no tanto como para no acostarse con otra mujer. Pero su amante se había casado con otro hombre que crió a Eloísa como si fuera hija suya.

Tony sólo había visto a su hermanastra en un puñado de ocasiones, cuando era adolescente, un par de años antes de marcharse de la isla en la que residía su padre. Eloísa tenía siete años entonces, pero ahora estaba casada y los parientes de su marido eran políticos influyentes.

¿Sería ella la culpable de que la prensa los hubiera descubierto? Duarte parecía pensar que Eloísa quería permanecer en el anonimato como ellos, pero tal vez la había juzgado mal.

–¿Por qué fuiste a visitarla?

–Asuntos familiares, pero eso da igual ahora. Cuando salimos al muelle a tomar el aire, su cuñada resbaló y yo la sujeté para que no cayera al suelo. Una reportera subida a un árbol fotografió tan importante ocasión, aunque no debería haber tenido ninguna importancia porque los que interesan a las revistas son los suegros de Eloísa, el embajador Landis y su mujer. O el marido de su cuñada, el senador Landis –Duarte dejó escapar un suspiro–. Sigo sin entender cómo me reconoció la fotógrafa… y siento mucho que haya pasado todo esto.

Su hermano no había hecho nada malo. No podían vivir en una burbuja y, además, Tony siempre había sabido que era una cuestión de tiempo que todo les explotase en la cara. Él había conseguido vivir lejos de la isla durante catorce años, sus hermanos más aún.

Pero siempre existía la esperanza de que pudieran ir un paso por delante de la prensa.

–Todos hemos sido fotografiados alguna vez, no somos vampiros. Lo increíble es que esa mujer fuera capaz de reconocerte.

–Sí, desde luego. ¿Y qué planes tienes para afrontar con el asunto?

–No hablar con nadie hasta que se me haya ocurrido algo. Llámame cuando hayas hablado con Carlos.

Después de cortar la comunicación, Tony volvió al salón y se dejó caer sobre el borde del sofá para leer los mensajes de su iPhone, aunque ninguno decía nada que no supiera ya. Pero cuando se conectó a Internet, tuvo que hacer una mueca. Los rumores corrían como la pólvora, desde luego.

Decían que su padre había muerto de malaria años antes, falso.

Que Carlos se había sometido a una operación de cirugía estética, falso también.

Decían que Duarte se había hecho monje budista, más que falso.

Y luego había historias sobre Shannon y él, que eran ciertas. El título de «la amante del monarca» empezaba a echar raíces en el ciberespacio y Tony se sintió culpable por hacerla pasar por eso. El frenesí de los medios seguiría creciendo y pronto alguien empezaría a hablar de su difunto marido...

Tony guardó el iPhone en el bolsillo, disgustado.

–¿Tan malo es? –oyó la voz de Shannon.

Se había puesto unos vaqueros y una sencilla camiseta, el sedoso pelo rubio liso le caía sobre los hombros. No parecía mucho mayor que la niñera, aunque había un brillo de cansancio en sus ojos.

Tony estiró las piernas, la piel del sofá crujió cuando se echó hacia atrás.

–Mis abogados y los de mis hermanos están en ello. Con un poco de suerte, pronto habremos controlado parte de los daños, pero no se puede meter al genio en la botella. Una vez fuera...

–No pienso irme contigo –lo interrumpió Shannon.

–Esto no va a terminar –dijo él, en voz baja–. Los reporteros harán guardia delante de tu casa y, tarde o temprano, tu niñera empezará a hablar. Tus amigos venderán fotos... y existe la posibilidad de que alguien utilice a Kolby para llegar hasta mí.

–¿Por qué? Tú y yo hemos terminado –dijo Shannon, acariciando el pelo del niño.

–¿De verdad piensas que alguien lo va a creer? El momento les parecerá demasiado conveniente.

Shannon se dejó caer sobre el brazo del sofá.

–Rompimos el fin de semana pasado.

–Dile eso a los periódicos, a ver si te creen. A esta gente no le importa nada la verdad. Seguramente la semana pasada publicaron la fotografía de un bebé extraterrestre, así que decir que has roto tu relación conmigo no servirá de nada, te lo aseguro.

–Sé que tengo que irme de Galveston –asintió ella–. Ya lo he aceptado.

Y no habría muchas cosas que empaquetar, pensó, mirando alrededor.

–Te encontrarán, Shanny.

–¿Y cómo sé que no estás usando esto como excusa para volver conmigo?

¿Lo estaba haciendo? Una hora antes habría hecho lo que fuera para volver a tenerla en su cama, pero ahora tenía otras, mucho más serias, preocupaciones. Tenía que encontrar la forma de evitar que la relacionasen con su familia y no podía arriesgarse a dejar que se fuera de allí sin él.

–Sí, lo dejaste muy claro. No quieres saber nada de mí o de mi dinero. Nos hemos acostado juntos, pero ninguno de los dos esperaba o quería más.

Sus miradas se encontraron, el único sonido era el de la respiración de Kolby.

–Pero tú sabes que no es verdad –siguió Tony.

Shannon sacudió la cabeza.

–¿Y qué debo hacer ahora?

Tony querría abrazarla y decirle que no se preocupase, que todo iba a salir bien, que no dejaría que le ocurriese nada. Pero tampoco iba a hacer promesas vacías.

Veintisiete años antes, cuando escaparon de San Rinaldo en una noche sin luna, su padre les había asegurado que todo iba a ir bien, que pronto se reunirían.

Y no fue así.

–Han ocurrido muchas cosas en unas pocas horas. Tenemos que ir a mi casa, donde hay verjas, equipo de seguridad, alarmas, guardias y cámaras de videovigilancia.

–¿Y después de esta noche?

–Dejemos que la prensa crea que somos una pareja, es lo mejor. Luego romperemos públicamente, en nuestros términos, cuando tengamos un plan.

Ella dejó escapar un suspiro.

–Muy bien, de acuerdo.

–Mientras tanto, la prioridad es que la prensa no os moleste ni a ti ni a Kolby –Tony le había dado muchas vueltas a la situación, descartando una idea y otra hasta que no le quedó más que una opción.

–¿Y cómo piensas hacer eso? –preguntó Shannon, acariciando la cabeza del niño dormido.

–Llevándote al sitio más seguro que conozco –contestó él. Un sitio al que había jurado no volver nunca–. Mañana iremos a visitar a mi padre.

Capítulo Tres

–¿Visitar a tu padre? –repitió Shannon, atónita.

¿Había perdido la cabeza?

–Eso he dicho.

–¿Al rey de San Rinaldo? No puedes decirlo en serio.

–Lo digo absolutamente en serio –Tony se levantó para acercarse a ella.

No llamarlo en toda la semana había sido horriblemente difícil, pero estar con él en la misma casa, en la misma habitación…

Shannon se mordió los labios para no decir algo de lo que se arrepentiría más tarde.

–No podemos hablar de eso ahora –murmuró, tomando a su hijo del sofá para llevarlo a la habitación.

Había hecho todo lo posible para compensar a Kolby por todo lo que había perdido, como si hubiera alguna forma de compensar a un niño por la muerte de su padre, por haber perdido todo lo que tenía.

Shannon lo besó en la frente, con un nudo en la garganta, respirando el delicioso aroma de su champú infantil.

Y cuando se dio la vuelta, encontró a Tony en la puerta, con expresión decidida. Bueno, pues también ella podía ser decidida, sobre todo en lo que se refería a su hijo. Shannon cerró las cortinas antes de salir del dormitorio.

—Eso de ir a visitar a tu padre es absurdo —dijo en voz baja.

—Esta situación es complicada y hay que tomar medidas extremas.

—¿Esconderme junto a un rey? Eso sí que sería extraordinario —Shannon se quitó las gafas para pellizcarse el puente de la nariz.

Antes de la muerte de Nolan solía llevar lentillas, pero ya no podía permitirse ese gasto. ¿Cuánto tiempo iba a tardar en acostumbrarse a llevar gafas?

—¿Crees que quiero exponerme al escrutinio de la prensa yendo a casa de tu padre? ¿Por qué no nos quedamos en la tuya?

—Mi casa es segura, pero sólo hasta cierto punto y tarde o temprano descubrirán que estamos allí. Sólo hay un sitio en el que nadie puede entrar.

—Parece que las cámaras llegan a todas partes —dijo ella, frustrada.

—La prensa sigue sin saber dónde está mi padre y llevan años intentando descubrir su paradero.

—¿No vive en Argentina?

—No, estuvimos allí muy poco tiempo después de escapar de San Rinaldo —Tony se ajustó el reloj, el único gesto nervioso que había observado en él—. Mi padre compró una finca allí y pagó a un grupo

36

de gente para que la hiciesen parecer habitada, la mayoría de ellos, ciudadanos de San Rinaldo que escaparon con nosotros del país. Nadie lo sabe, sólo un exclusivo grupo de personas.

El rey de San Rinaldo había tenido que hacer lo imposible para proteger a sus hijos… pero eso era lo mismo que pensaba hacer ella y, curiosamente, Shannon sintió una sorprendente conexión con el viejo rey.

–¿Y por qué me lo cuentas si es un secreto?

–Porque tengo que convencerte para que vayas conmigo –respondió Tony, poniendo una mano en su hombro.

Y Shannon tuvo que contener el deseo de apoyarse en él.

–¿Y dónde vive ahora?

–Eso no puedo decírtelo.

–Pero esperas que haga la maleta y me vaya contigo. Y que me lleve a mi hijo. ¿Por qué iba a confiar en ti si me has mentido hasta ahora, Tony?

–Porque no puedes confiar en nadie más.

La realidad la dejó desolada. Sólo tenía a sus suegros, que no querían saber nada de ella o de Kolby porque la culpaban por la muerte de Nolan. Estaba absolutamente sola.

–¿Cuánto tiempo estaríamos allí?

–Hasta que mis abogados consigan una orden de alejamiento para ciertos periodistas. Y quiero que el niño y tú os alojéis en un sitio con medidas de seguridad adecuadas. Me imagino que será una semana, dos a lo sumo.

–¿Y cómo iríamos allí?

–En avión –Tony volvió a jugar con su reloj.

Eso debía de significar que estaba lejos.

–No, lo siento, no vas a alejarme del mundo. Eso sería equivalente a secuestrarnos…

–Si aceptas venir, no sería un secuestro –la interrumpió él–. En el ejército, es normal que la gente suba a aviones sin destino conocido.

–La última vez que miré no llevaba uniforme –replicó Shannon.

–Lo sé, Shanny… –Tony alargó una mano para acariciar su pelo–. Siento mucho hacerte pasar por esto y haré todo lo que pueda para que esta semana sea lo más cómoda posible para ti.

La sinceridad de esa disculpa la consoló un poco. Además, había sido una semana muy larga sin él. Le había sorprendido cuánto echaba de menos sus llamadas, sus citas espontáneas, sus besos y sus íntimas caricias. No podía negar que Tony la afectaba en todos los sentidos, sería absurdo.

Estaba jugando con sus gafas, como hacía cuando estaba nerviosa, y sin decir nada, él se las quitó de la mano para colgarlas en el cuello de la camiseta, la familiaridad del gesto hizo que su corazón se acelerase un poco más.

Shannon puso las manos sobre su torso, sin saber si quería empujarlo o acercarse más. Sus bocas estaban muy cerca, sus alientos mezclándose y despertando recuerdos ardientes. Pensaba que el dolor por el engaño de Nolan la había dejado muerta en vida… hasta que conoció a Tony.

–¡Mamá!

La voz de su hijo la devolvió a la realidad. Y no sólo a ella. La expresión de Tony pasó de seductora a seria en un segundo y fue él quien abrió la puerta del dormitorio.

–¡Mamá, mamá, mamá!

–Estoy aquí, cariño.

–¡Hay un monstruo en la ventana!

Tony se acercó a la ventana de una zancada, regañándose a sí mismo por haberse distraído un momento.

–Quédate en el pasillo mientras echo un vistazo.

Podría no ser nada importante, pero él sabía que no debía bajar la guardia. Sin dudarlo un momento, abrió la ventana y echó una mirada al patio.

No vio nada. Sólo un columpio moviéndose con la brisa.

Tal vez sólo había sido una pesadilla, pensó, mientras cerraba la ventana y echaba las cortinas.

¿Pero no las había cerrado Shannon antes de salir del dormitorio?

–Voy a salir a echar un vistazo, por si acaso. El guardaespaldas se quedará contigo...

En ese momento sonó su iPhone y cuando lo sacó del bolsillo, vio que era el número del guardaespaldas.

–¿Sí?

–Un chico del edificio de al lado estaba intentando hacer fotografías con el móvil. Ya he llamado a la policía.

–Bien hecho. Gracias.

Tony volvió a guardar el teléfono en el bolsillo de la chaqueta, con el corazón acelerado. Pero podría haber sido mucho peor. Él sabía por experiencia lo que podía ocurrir.

Y, aparentemente, también Shannon lo sabía, porque no dejaba de mirar alrededor con expresión asustada.

Sin pensar, le pasó un brazo por los hombros hasta que se apoyó en él, la suave presión de su cabeza era lo único bueno en un día espantoso.

–Muy bien, de acuerdo. Tú ganas.

–¿Qué gano?

–Iremos a tu casa esta noche.

Una victoria pírrica, ya que era motivada por el miedo, pero Tony no pensaba discutir.

–¿Y mañana?

–Hablaremos de eso mañana. Por el momento, llévanos a tu casa.

La casa de Tony en Galveston era, en realidad, una mansión. El imponente edificio de tres plantas impresionaba a Shannon cada vez que atravesaba la verja de hierro.

Kolby seguía durmiendo, afortunadamente. Cuando logró convencerlo de que no había ningún monstruo, su hijo volvió a cerrar los ojos y no había despertado desde entonces.

Si ella pudiese olvidar las preocupaciones tan fácilmente... Pero Nolan le había robado algo más que dinero, le había robado la tranquilidad, la sensación de seguridad.

Suspirando, Shannon miró por la ventanilla. Dos acres de jardín bien cuidado rodeaban la mansión. La finca era imponente de día, pero por la noche, rodeada de sombras, casi daba miedo. Además, las paredes estaban pintadas de color berenjena, un color tan oscuro, que por la noche parecía casi negro.

Ella había vivido en una casa de cuatro mil metros cuadrados con Nolan, pero podría haber metido dos de esas casas en la finca de Tony. Era realmente impresionante. El edificio estaba construido al estilo texano, lo que ellos llamaban «estilo español». Y, conociendo su herencia ahora, podía entender que le hubiese gustado la zona.

Sin decir nada, Tony metió el coche en el garaje, por fin a salvo del resto del mundo. ¿Pero durante cuánto tiempo?

Él mismo sacó a Kolby de la silla de seguridad y Shannon no protestó. Siguiéndolo con una mochila llena de juguetes, apenas se fijó en la casa a la que habían ido después de cenar, de ir al cine o a algún concierto. Su alma, hambrienta de música, se había embebido cada nota.

Su primera cena juntos había sido amenizada por un violinista. Casi podía seguir oyendo las notas del violín, que parecían hacer eco en los altos techos, en los suelos de mármol.

No se habían acostado juntos esa noche, pero Shannon sabía que era inevitable.

Esa primera vez, Tony había encargado la cena en uno de los mejores restaurantes de la ciudad. Y todo era tan elegante, no tenía nada que ver con los platos y los cubiertos de plástico que solía usar con Kolby...

Aunque adoraba a su hijo, a veces era inevitable echar de menos las cosas buenas de la vida.

Pero nunca había dormido allí. Hasta esa noche.

Shannon siguió a Tony por una espectacular escalera, con la mano en la barandilla de hierro forjado. Ver a su hijo dormido y totalmente relajado sobre el hombro masculino la emocionaba.

La ternura que sentía al verlos juntos le recordaba lo especial que era aquel hombre. Lo había elegido con mucho cuidado, intuyendo que Tony era un hombre de palabra. ¿Estaba dispuesta a tirar todo eso por la borda?

Él entró en el primer dormitorio, una especie de suite con salita anexa, decorado en tonos verdes, con mapas enmarcados en las paredes. Apartando el edredón, colocó suavemente al niño sobre la cama y Shannon se acercó para colocar una silla a cada lado a modo de barrera, inclinándose para darle un beso en la frente.

La enormidad de cómo iban a cambiar sus vidas a partir de aquel momento hizo que sus ojos se empañaran.

—Puedes dormir en otra habitación...

–No, dormiré en el sofá de la salita. Quiero estar cerca de mi hijo por si se despertase de repente.

–Como quieras.

Cuando Tony puso una mano en su hombro, Shannon se apoyó en ella sin darse cuenta. Pero se apartó enseguida. Era tan fácil caer en las viejas costumbres…

–Lo siento, no quería…

–Lo sé –Tony metió las manos en los bolsillos del pantalón–. Traeré tus cosas enseguida. Le he dado la noche libre al servicio.

–¿Por qué? Pensé que confiabas en ellos.

–Y así es… hasta cierto punto. Es más fácil proteger la casa cuando hay poca gente en el interior.

Shannon asintió con la cabeza.

–Tengo que proteger a Kolby, Tony. Me aterra pensar que un chico con un móvil ha intentado entrar en mi casa para hacer una fotografía… y sólo han pasado unas horas desde que salió la noticia. No quiero ni pensar en lo que alguien con recursos podría hacer.

–Mis hermanos y yo estamos intentando controlar la situación –dijo él–. Y mi abogado sabe que vamos a ver a mi padre… lo digo para que te quedes tranquila. No tengo intención de secuestrarte.

Su abogado era otro empleado, pensó Shannon. Pagado con el mismo dinero que ella había rechazado unos días antes.

–¿Confías en ese hombre?

–Tengo que hacerlo, no me queda más remedio. Pero hay cosas que no se pueden evitar, aunque uno intente cortar los lazos con el pasado.

–¿Estás hablando de ti mismo?

Tony se encogió de hombros.

–Hablo en general.

Pero Shannon no iba a darse por vencida. Tenía que saber algo más.

–Sé que no quieres que rompamos y tal vez éste sería un buen momento para contarme algo más sobre ti mismo.

–¿Estás diciendo que tampoco tú quieres romper conmigo?

–No, sólo estoy diciendo… –Shannon apartó la mirada–. Que tal vez podría perdonarte por haberme mentido si supiera algo más sobre ti.

–¿Qué quieres saber?

–¿Por qué elegiste Galveston?

Tony dejó escapar un suspiro.

–¿Tú haces surf?

Ella lo miró, sorprendida.

–No creo que hablar de eso vaya a solucionar nada.

–¿Pero has hecho surf alguna vez? En el Atlántico las olas no son tan altas como en el Pacífico, pero no están mal, especialmente en el sur de España, en Tarifa.

–¿No me digas que haces surf? –Shannon intentó conciliar al magnate multimillonario con un joven despreocupado deslizándose sobre una tabla de surf. Pero la imagen que apareció en su mente era la de un Tony apasionado cuando hacían el amor.

—Siempre me han fascinado las olas.

—Incluso cuando vivías en San Rinaldo. Porque es una isla, ¿no?

Siempre había pensado que tenía cuadros de barcos en la casa por su negocio naviero, pero ahora se daba cuenta de que su amor por el mar y los barcos se debía a que había nacido en una isla.

—Pensé que no sabías nada sobre mí.

—Cuando me enteré de la noticia, eché un vistazo en Google… —empezó a decir Shannon.

No había descubierto mucho, sólo lo más básico: el depuesto rey de San Rinaldo tenía tres hijos y su madre había muerto cuando intentaban escapar del país. Se le encogía el corazón al pensar que Tony había perdido a su madre cuando era poco mayor que Kolby.

—Pero no he visto ninguna imagen de ti haciendo surf.

Sólo unas cuantas fotos antiguas de tres chicos con sus padres, todos felices, y alguna fotografía del rey con uniforme.

—Intentamos retirar todas las fotografías cuando escapamos de San Rinaldo —la sonrisa de Tony contrastaba con la expresión seria de sus ojos—. Entonces no había Internet.

Y ella creía que lo había pasado mal cuando se marchó de Louisiana tras la muerte de su marido…

«Qué trágico tener que borrar toda traza de tu pasado», pensó.

—Leí que tu madre había muerto. Lo siento mucho.

Tony hizo un gesto con la mano, como diciendo que no quería hablar de eso.

–Cuando llegamos a… la casa en la que vive mi padre ahora estábamos aislados, pero al menos teníamos el mar. Y allí podía olvidarme de todo.

La miraba a ella, pero parecía perdido en sus pensamientos.

–¿Qué estás pensando?

–Que a lo mejor te gustaría aprender a hacer surf.

Shannon sonrió.

–No, gracias, el surf no es para mí. ¿Has intentado cuidar de un niño con una pierna rota?

–¿Cuándo te rompiste la pierna?

–Hace mucho tiempo.

–Tu marido…

–No, Nolan no tuvo nada que ver. Estar casada con un delincuente no es precisamente lo mejor que te puede pasar, pero Nolan jamás me levantó la mano –dijo Shannon, a quien no le gustaba la dirección que estaba tomando la conversación. Supuestamente, debería averiguar cosas sobre Tony, no al revés–. Aunque nunca dejaré de preguntarme si debería haberme dado cuenta antes de lo que era, si tomé el camino más fácil cerrando los ojos…

–Conociéndote, dudo mucho que tomaras el camino más fácil –la interrumpió él–. Pero ha sido un día muy largo y pareces cansada. Si quieres, te meteré en la cama y te arroparé –intentó bromear.

–Lo dirás en broma.

–Tal vez. O tal vez no –Tony la miró a los ojos con expresión intensa–. Shanny, te abrazaría durante toda la noche si me dejaras. Y te prometo que haré lo que tenga que hacer para que ni tu hijo ni tú os sintáis amenazados.

Y ella quería dejar que lo hiciera, pero había dependido de un hombre antes y el resultado había sido catastrófico.

–Si me abrazases, no descansaría en absoluto y los dos lo sabemos. Además, mañana lo lamentaríamos. ¿No te parece que ya tenemos suficientes problemas?

–Muy bien, de acuerdo. No volveré a insistir.

–Sigo enfadada contigo por no haberme dicho la verdad, pero te agradezco que intentes ayudarme.

–Te debo eso y más –Tony la besó suavemente en los labios, sin tocarla. Y aunque fue una caricia suave, le recordó por qué se había quedado prendada de él a primera vista–. Que duermas bien.

–¿Tony? –lo llamó. ¿Esa voz ronca era la suya?

Él la miró por encima de su hombro. Sería tan fácil aceptar el consuelo que le ofrecían sus brazos, pero tenía que mantener la cabeza fría. Había luchado mucho para ser independiente y eso significaba dejar claros los límites.

–Que sea capaz de perdonarte no significa que puedas volver a mi cama.

Capítulo Cuatro

No estaba en su cama.

Shannon parpadeó, intentando desembarazarse de la pesadilla que la tenía presa y recordar dónde estaba.

El tictac de un reloj y la textura de la manta que rozaba su cara no le resultaban familiares. Y notaba ese aroma a madera de sándalo...

–No pasa nada –oyó entonces la voz de Tony–. Tranquila, estoy aquí.

Shannon se incorporó de un salto, mirando a un lado y a otro, desconcertada, hasta que por fin recordó...

Estaba en casa de Tony, en la salita, a unos metros de donde Kolby dormía.

–No pasa nada –repitió él mientras apretaba su hombro–. Has tenido una pesadilla.

–¿He despertado a Kolby?

–No, tu hijo duerme como un tronco.

–Gracias a Dios.

Shannon miró el cabello alborotado de Tony, los vaqueros puestos a toda prisa y mal abrochados. Llevaba el torso desnudo...

–Siento haberte despertado.

–No estaba dormido –dijo él, ofreciéndole las gafas.

Cuando se las puso, vio el tatuaje de su brazo, una brújula náutica. Y, después de parpadear un par de veces, se dio cuenta de que tenía el pelo mojado. Pero no quería pensar en él bajo la ducha, que habían compartido en más de una ocasión.

–Me imagino que esto me ha asustado más de lo que yo pensaba.

–¿Quieres hablarme de ello?

–No, déjalo.

No quería hacerlo, nunca, a nadie.

–¿Por qué?

–Se supone que los sueños deben ayudarte a resolver problemas, pero a veces sólo sirven para asustarte más.

–Lo siento mucho, Shanny –Tony se pasó una mano por el pelo–. Siento mucho haberte metido en este jaleo –dijo luego, sentándose en el sofá y moviéndola un poco para colocarla sobre su pecho.

Con la pesadilla aún fresca en su mente, Shannon no encontraba fuerzas para apartarse. Además, era más fácil aceptar su consuelo cuando no estaba mirándolo a los ojos. Y estaría a solas con sus malos sueños mucho tiempo, ¿tan malo era aceptar su compañía y la fuerza de sus brazos durante un rato? Se recuperaría enseguida, sólo necesitaba apoyarse un momento.

El reloj seguía marcando las horas mientras miraba las manos de Tony sobre su estómago y la marca más clara en la piel, donde solía llevar el reloj.

–Gracias por venir a ver cómo estábamos.

–Sé que puede ser desconcertante dormir en una casa extraña –la voz de Tony vibraba a su espalda, haciéndola temblar.

–He estado aquí una docena de veces, pero nunca en esta habitación. Es una casa tan grande... resulta raro pensar que hemos compartido la ducha, pero aún no he visto toda la casa.

–Porque solemos distraernos en cuanto llegamos a la puerta –bromeó él.

Cierto. Cenaban en el piso de abajo, pero en cuanto se aventuraban por la escalera siempre acababan en el dormitorio principal.

–La primera vez... –Shannon recordaba que fue después de ir a la ópera, cuando sus sentidos estaban sobrecargados y sus hormonas enloquecidas– yo estaba muerta de miedo.

La admisión salió de sus labios antes de que pudiese controlarla, pero le parecía más fácil compartir esas cosas en la oscuridad.

–Lo último que quiero es asustarte.

–No fue culpa tuya. Esa noche fue un salto de fe para mí. Estar contigo entonces... era mi primera vez desde Nolan.

Tony se quedó inmóvil, casi sin respirar, mientras Shannon escuchaba el tictac del reloj.

–¿No había habido nadie antes que yo?

–Nadie.

En realidad, no sólo había sido su primer amante tras la muerte de Nolan, sino el segundo amante en toda su vida.

Y parecía tener cierta propensión a elegir hombres que ocultaban secretos.

–Ojalá me lo hubieras dicho –murmuró Tony.

–¿Qué habría cambiado?

–Habría sido más… no sé, habría tenido más cuidado.

Shannon recordó el frenesí de la primera vez… los besos apasionados, su ropa tirada por la escalera mientras subían a la habitación. Cuando llegaron arriba estaban desnudos, la luz de la luna bañando la piel morena de Tony mientras se besaban contra la pared, ella enredando las piernas en su cintura. Hicieron el amor allí, en el pasillo, y después él la llevó en brazos a su habitación. Y, de nuevo, encontraron el placer en la cama.

Al recordarlo, Shannon sintió un cosquilleo entre las piernas.

–Fuiste maravilloso esa noche y lo sabes. Pero borra esa sonrisa arrogante de tus labios ahora mismo.

–Pero si no puedes verme.

–Pero estás sonriendo, ¿a que sí?

–Mírame y lo verás.

Shannon giró la cabeza y los intensos recuerdos de esa noche encontraron eco en los serios ojos oscuros.

En aquel momento era difícil recordar que ya no eran una pareja.

Pero su oferta de ayudarla económicamente seguía pendiendo entre ellos, molestándola más que el enorme secreto que le había ocultado.

¿Por qué no podían ser dos personas normales que se habían conocido en un parque, por ejemplo?

–Shannon, ¿estás bien?

–Sí.

–¿Crees que podrás dormir? Porque tengo que irme.

–Ah, claro, me imagino que tendrás muchas cosas que hacer.

–No, tengo que irme porque cada vez que mueves la cabeza el roce de tu pelo me vuelve loco –le confesó él entonces, con un brillo de deseo en los ojos.

–Tony…

–Siento mucho haberte involucrado en esta situación. Lamento hacerte daño, pero nunca más volveré a hacerlo, te lo juro.

Antes de que ella pudiera decir nada, Tony se levantó y salió de la habitación. Sintiendo frío ahora que no estaba a su lado, Shannon se cubrió con la manta.

No le preocupaban las pesadillas porque estaba segura de que no podría conciliar el sueño de nuevo.

Tony no se había molestado en abrir la cama. Después de salir de la habitación de Shannon había pasado gran parte de la noche hablando por teléfono con su abogado y con una empresa de seguridad, haciendo cosas para no pensar cuánto la deseaba.

Con un poco de suerte, y algunas maniobras, podría ampliar la semana de estancia en la isla a dos semanas. Pero lo más importante era asegurarse de que ella estuviera a salvo.

A las cinco de la madrugada se quedó dormido en el sofá de la biblioteca y despertó unas horas después, sobresaltado, cuando Vernon lo llamó desde la verja de entrada. Después de dejar entrar a su amigo, Tony se dispuso a preparar el desayuno.

Vernon merecía algunas respuestas.

Eligió el patio, menos formal que el comedor, y se sentaron ante la mesa a la sombra de un limonero, con dos cafés y un plato de churros. Seguía tomando el desayuno que tomaba de niño, aunque su madre solía hacer chocolate para ellos, un ritual informal que repetían cada mañana en el castillo.

Vernon lo miró por encima de su taza de café.

–Así que es cierto eso que dicen de tu familia.

–Mi hermano no es un monje tibetano, pero el resto es más o menos cierto.

–Eres un príncipe –el hombre se pasó una mano por la cara, incrédulo–. Bueno, siempre he sabido que había algo especial en ti.

–Espero que entiendas que no podía contártelo.

–Sí, claro, lo entiendo –Vernon echó azúcar en su café–. Me imagino que tenías que pensar en ellos.

–Te agradezco que seas tan comprensivo.

Ojalá Shannon lo fuera también. Había esperado que llevarla allí le recordase todo lo bueno que había entre ellos, pero cuando le contó que había sido su primer amante después de su marido... esa revelación aún lo tenía perplejo.

¿Qué iban a hacer ahora?

–Entiendo que cada uno tiene que hacer lo que tiene que hacer –siguió su amigo.

–Gracias otra vez.

Tony agradecía el respeto de Vernon y sus buenos consejos. Desde el día que apareció en Galveston para pedir trabajo, aquel hombre lo había tratado como a un hijo. Se lo había enseñado todo y, como había ocurrido catorce años antes, le ofrecía su simpatía incondicional.

–¿Y qué dice tu familia de todo esto?

–Sólo he hablado con uno de mis hermanos, con Duarte.

–¿Alguien sabe cómo han podido enterarse de la noticia después de tantos años?

Ésa era la pregunta del millón de dólares. Tony, sus hermanos y sus respectivos abogados seguían sin entenderlo.

–Duarte me ha contado que una fotógrafa lo reconoció, pero no sabemos cómo. Nos fuimos de San Rinaldo hace muchos años y no se han publicado fotografías nuestras desde entonces.

–¿Ninguna fotografía?

–Sólo alguna foto en relación con mi empresa... pero con el nombre de Tony Castillo. Y Carlos ha aparecido en algunas revistas de medicina.

Pero ni él mismo sabía si sería capaz de reconocer a su hermano mayor si lo viera por la calle.

Su padre siempre les había dicho que las fotografías eran un peligro, como si hubiera estado preparándolos desde el principio.

No era normal vivir así, pero ellos no eran una familia normal y Tony se había acostumbrado.

Iba a tomar un sorbo de café cuando le pareció que estaba siendo observado. Giró la cabeza a la derecha a toda velocidad y...

Kolby estaba en la puerta, arrastrando una mantita.

–Hola, Kolby. ¿Dónde está tu mamá?

El niño no se movió.

–Durmiendo.

Vernon se levantó de la silla.

–¿Quieres desayunar?

Sin apartar los ojos de Tony, Kolby salió al patio y se subió a una silla para ponerse de rodillas, mirándolo con esos ojos gris azulado, del mismo color que los de Shannon.

–Gracias por el desayuno, Tony. Yo tengo que volver al restaurante –dijo Vernon.

Cuando su viejo amigo abandonó el barco, Tony tragó saliva. Él no tenía experiencia en tratar con niños, ni siquiera cuando era pequeño. En San Rinaldo, sus hermanos y él jugaban unos con otros porque no había más niños en el castillo.

Y la fortaleza de la isla estaba llena de guardias de seguridad; no el típico guardia de unos grandes almacenes, más bien un pequeño ejército. También había gente de servicio, tutores, un chef, los jardineros, todos ciudadanos de San Rinaldo, gente que apoyaba a su padre y que habían perdido a sus familiares durante el golpe de Estado. Todos compartían un lazo de lealtad y el deseo de sentirse seguros.

Trabajar en un barco de pesca le había parecido algo completamente nuevo, con el espacio abierto ante sus ojos, sin barreras, sin puertas. Y, sobre todo, le gustaba estar con gente que no tenía una sombra de tristeza en los ojos.

Pero tampoco había niños en un barco de pesca.

¿Qué necesitaban los niños?

–¿Tienes hambre, Kolby?

–Sí –respondió el niño, señalando el plato de churros–. Con mantequilla de cacahuete.

–Ah, muy bien. Sígueme.

Tony lo llevó a la cocina y buscó en los armarios hasta encontrar un bote de mantequilla de cacahuete en el que Kolby metió su churro.

Tony se preguntó entonces si el niño sería alérgico a los cacahuetes o algo así. No tenía ni idea.

–Oye, tal vez sería mejor esperar a tu madre.

–¿Esperarme por qué? –Shannon apareció en la puerta de la cocina en ese momento.

Él la miró, con el corazón acelerado. Se habían acostado juntos muchas veces durante el último mes, pero Shannon nunca había dormido allí.

Y estaba guapísima con los vaqueros, con la tela gastada pegándose a sus piernas. Llevaba el pelo suelto, aún mojado de la ducha.

–¿Kolby puede comer churros con mantequilla de cacahuete?

–No creo que los haya probado nunca, pero seguro que le gustarán. Aunque no sé si un plato de porcelana inglesa es la mejor idea para un niño tan pequeño.

–¿Te gusta el plato, Kolby?

–Sí –contestó el niño, abrazándose a las piernas de su madre–. Pero me gustan más los trenes. Y la leche.

–Aquí tenemos leche –Tony abrió la puerta de la nevera para sacar un cartón–. Y la próxima vez, buscaré un plato con trenes.

–¡Espera! –dijo Shannon cuando iba a echar la leche en una taza–. Llevo aquí la suya… no es Waterford, pero a él le gusta.

Mientras el niño tomaba su leche, Tony se preguntó por qué no había pasado más tiempo con él. Shannon no se lo había ofrecido y él no había insistido. Y ahora, con Kolby sobre las rodillas de su madre, aquella imagen tan familiar lo ponía nervioso.

–Anoche tuve mucho tiempo para pensar –dijo Shannon entonces.

De modo que tampoco ella había dormido…

–¿Y en qué has pensado?

–En lo de ir a la casa de tu padre, por supuesto.

–Por supuesto –asintió él.

–Me gustaría contárselo a Vernon y a tu abogado. Quiero que alguien conozca mi paradero.

Había ganado, pensó Tony. Shannon estaría a salvo y, además, tendría más tiempo para convencerla. Aunque le molestaba que confiase tan poco en él.

–¿Por qué Vernon precisamente? Vernon es mi amigo, yo financio su negocio.

–¿El restaurante es tuyo?

–Sí.

–¿Eres tú quien paga mi sueldo? –exclamó Shannon–. Yo pensé que el Grille era de Vernon.

–Vernon es mi amigo y me ayudó mucho cuando era más joven, así que estoy encantado de devolverle el favor. Además, es una buena inversión.

–Te dio un trabajo cuando nadie más te lo habría dado.

–¿Cómo lo sabes?

–Hizo lo mismo conmigo, me dio una oportunidad cuando más la necesitaba. Por eso confío en él.

–Has trabajado mucho para ganarte el sueldo.

–Lo sé, pero le agradezco que se haya portado tan bien. Es un buen hombre. Pero sigamos hablando de los planes de viaje –Shannon apoyó la barbilla en la cabeza de su hijo–. Por cierto, también informaré a mis ex suegros, los abuelos de Kolby.

Tony levantó las cejas, sorprendido. Sus suegros no habían querido saber nada de ella tras la muerte de Nolan y que quisiera informar a esa gente de su paradero dejaba claro que era una persona honesta. No estaba seguro de qué habría hecho él en su lugar.

–Aparentemente, confías en todo el mundo salvo en mí.

–Aparentemente –dijo ella.

No era precisamente un cumplido, pero Tony decidió concentrarse en la victoria y seguir adelante. Porque antes de que se pusiera el sol volvería a la isla de su padre en la costa de Florida.

Estaba en un avión privado sobre…
Sobre alguna parte.
Como las cortinillas del avión estaban bajadas, no sabía si estaban viajando sobre tierra o sobre el mar. ¿Dónde estaban? ¿Cuántos kilómetros habían recorrido? Estaba en un mundo del que ella no sabía nada, desde el discreto pero impecable servicio hasta la habitación, con la cama hecha para Kolby. Y un par de preguntas sobre qué iban a comer había dado como resultado un almuerzo de cinco tenedores.

Shannon se llevó una mano al estómago, intranquila. Esperaba haber tomado la decisión adecuada. Pero al menos su hijo parecía contento…

La auxiliar de vuelo llevó a Kolby a la despensa con la promesa de una bolsa de patatas fritas y una película de vídeo y, mientras iba con ella, el niño pasó los dedos por los asientos blancos de piel…

En fin, al menos tenía las manos limpias.

Shannon miró al hombre que se hallaba sentado frente a ella. Con un pantalón gris y una inmaculada camisa blanca, Tony trabajaba en su ordenador portátil, totalmente concentrado.

–¿Cuánto tiempo llevas sin ver a tu padre?

Él levantó la mirada.

–Me fui de la isla cuando tenía dieciocho años.

–¿Una isla? –repitió Shannon. Le había dicho que llevase ropa de verano, pero no sabía que iban a una isla–. Pensé que te habías ido de San Rinaldo cuando eras niño.

–No vamos a San Rinaldo –Tony cerró el ordenador y estiró las piernas hasta que sus pies tocaron los de Shannon–. Cuando nos fuimos de allí, nos instalamos en otra isla.

Shannon miró sus zapatillas de lona al lado de los caros mocasines de piel. El contraste era evidente, pero ella no tenía intención de dejarse seducir por el dinero de Tony.

¿Estaría la isla en el Atlántico o en el Pacífico?, se preguntó. Eso sí estaba en la costa de Estados Unidos.

–¿Tu padre eligió una isla para que os sintierais como en casa?

–Mi padre eligió una isla porque era más fácil fortificarla.

–Ah, claro.

Shannon se quedó en silencio, escuchando las voces de la película de dibujos animados. Kolby estaba sentado en uno de los asientos, comiendo algo de una bolsa mientras miraba la película, como hipnotizado. Seguramente por la enorme pantalla de plasma.

–¿Qué parte de ti es verdadera y qué parte pertenece a tu nueva identidad?

–Mi edad y el día de mi cumpleaños son reales –Tony guardó el ordenador en un maletín con el monograma de la Naviera Castillo–. Incluso mi nombre es en cierto modo auténtico. Castillo era uno de los apellidos de mi madre.

Apoyando el codo en el brazo del sofá, Shannon intentó mostrarse despreocupada.

–¿Y qué dice tu padre de todo lo que has conseguido desde que te fuiste de la isla?

–No lo sé –respondió él, cruzándose de brazos.

–¿Y qué piensa de que vayamos allí ahora?

–Tendrás que preguntárselo.

–¿No le has dicho que vas a la isla y que llevas invitados?

–Le pedí a su abogado que lo informase de la situación. Pero allí se encargarán de todo, no te preocupes. Kolby tendrá todo lo que necesite.

¿Quién era aquel hombre frío que se encontraba a un metro de ella?, se preguntó Shannon entonces. Casi podía pensar que había inventado al Tony despreocupado, alegre.

–Parece que tu padre y tú no tenéis muy buena relación. ¿O es así como se comunica la gente en una familia real?

De ser así, sería muy triste.

Él no contestó, el ruido de los motores del avión se mezclaba con las voces de la película que veía Kolby.

–¿Tony?

–Yo no quería vivir en una isla fortificada, así que me marché y a mi padre no le pareció bien. Aún no hemos resuelto el asunto.

Una explicación demasiado sencilla para un

problema muy complicado, con abogados haciendo de mensajeros entre padre e hijo... La falta de comunicación entre Tony y su padre parecía debida a algo más que eso.

–¿Y qué le va a decir ese abogado sobre mí? ¿Qué le habrá contado a tu padre sobre nuestra relación?

–¿Relación? –repitió él, la intensidad de su mirada fue como una caricia. Era un hombre tan grande, tan fuerte y tan delicado a la vez–. Le diremos que somos pareja.

Shannon negó con la cabeza. Una cosa era tener una aventura secreta con él y otra muy diferente reconocerlo delante de su padre.

–¿Por qué no le contamos la verdad, que habíamos roto antes de que saliera la noticia?

–¿Quién ha dicho que no es la verdad? Nos acostamos juntos la semana pasada... aunque a mí me parece menos tiempo porque te juro que aún creo oler tu perfume en mi piel –Tony se inclinó hacia delante para apretar su mano.

–Pero el fin de semana pasado...

–Shanny –la interrumpió él–. Puede que hayamos discutido, pero cuando estoy contigo, mis manos y mis ojos van hacia ti como por decisión propia.

El corazón de Shannon latía con tal fuerza, que no hubiera podido contestar aunque hubiese querido.

–La atracción que hay entre nosotros es muy fuerte, estemos en la cama o a varios kilómetros el uno del otro –siguió Tony, con una sonrisa en los labios–. ¿Por qué crees que te llamaba por las noches?

–¿Porque entonces habías terminado de trabajar? –sugirió ella, después de lanzar una mirada rápida hacia Kolby para comprobar que seguía concentrado en la película.

–No, tú sabes que no. Sólo con escuchar tu voz al otro lado del hilo telefónico me ponía…

–Calla, por favor –lo interrumpió Shannon, poniendo un dedo sobre sus labios–. Nos estás haciendo daño a los dos.

–Tenemos problemas, no lo discuto. Y tú tienes razones para estar enfadada conmigo, pero no puedes negar que queremos estar juntos. Si puedes negarlo, no volveré a molestarte.

Ella abrió la boca para decir algo que rompiese el lazo que habían ido formando durante los últimos meses. Estaba dispuesta a decirle que habían terminado… pero de su boca no salió nada. Ni una sola palabra.

–Ya casi hemos llegado.

¿Casi habían llegado? ¿Dónde? Shannon intentó concentrarse, pero estaba demasiado nerviosa. Ella era licenciada magna cum laude y no le gustaba nada sentirse como una tonta a merced de su libido. Pero su libido cantaba arias con aquel hombre…

Tony se levantó entonces. Así, de repente, interrumpió la conversación y ella admiró sus anchos hombros, su estrecha cintura, el apretado trasero destacado por el elegante pantalón.

Tony se acercó a Kolby y levantó la cortinilla.

–Echa un vistazo, casi hemos llegado.

Casi habían llegado a la isla donde vivía su padre.

Estaba tan concentrada en la atracción que sentía por Tony, que casi había olvidado que estaban en un avión con destino desconocido.

Shannon se puso las gafas y levantó la cortinilla para ver su futuro, aunque temporal, hogar. Y sí, sentía curiosidad por ver el sitio en el que Tony había crecido. Enseguida vio un pedazo de tierra en medio de millas y millas de brillante océano. Altas palmeras sobresalían en un paisaje de aspecto casi tropical, con una docena de edificios formando un semicírculo alrededor de una estructura más grande.

La mansión blanca que miraba al océano tenía forma de U, con un enorme jardín y un patio con piscina…

Kolby estaba lanzando exclamaciones, pero Shannon apenas se dio cuenta porque también ella estaba maravillada.

Desde allí no podía verlo todo en detalle, pero incluso a esa distancia era evidente que se trataba de una mansión–fortaleza.

El avión empezó a descender sobre una islita pegada a la isla grande, dirigiéndose a un aeropuerto diminuto con una sola pista de cemento. Atracado en el muelle podía ver un ferry… ¿para llevarlos a la isla principal? Desde luego, eran muy serios sobre la seguridad.

Por los altavoces escuchó la voz del piloto:

—Estamos a punto de aterrizar en nuestro destino. Por favor, vuelvan a sus asientos y abróchense los cinturones de seguridad. Esperamos que hayan disfrutado de un viaje agradable.

Tony volvió a su lado con una sonrisa, pero que no le llegaba a los ojos, y a Shannon se le encogió el estómago, esa vez de aprensión.

¿Encontraría en la isla las respuestas que buscaba sobre el pasado de Tony o su estancia allí sólo serviría para romperle el corazón de nuevo?

Capítulo Cinco

La luz del día iba desapareciendo y el silencio de catorce años entre su padre y él estaba a punto de romperse.

Apoyando ambos pies en la cubierta del ferry, Tony miraba la isla donde había pasado gran parte de su infancia y adolescencia. No quería estar allí y sólo la preocupación por Shannon y su hijo lo había hecho volver a un sitio de tan tristes recuerdos.

Pero intentó olvidarse de tan insidiosas emociones para que no pudieran echar raíces dentro de él y se concentró en la costa.

La playa estaba bordeada de palmeras. Eso parecía ser lo único que había allí… hasta que uno aguzaba la vista y se encontraba con una torre de vigilancia.

Cuando llegó a la isla en la costa de St. Augustine, a los cinco años, a veces incluso podía creer que seguían en San Rinaldo. Y en las noches más oscuras despertaba cubierto de sudor, convencido de que los soldados iban a romper los barrotes de la ventana para llevárselo. Otras noches imaginaba que ya se lo habían llevado y los barrotes eran una prisión.

Durante las peores noches, pensaba que su madre seguía viva... para verla morir de nuevo.

Shannon puso una mano en su brazo entonces.

–¿Cuánto tiempo he estado dormida en el avión?

–Un rato –contestó él, intentando sonreír.

–Ah, claro, si me dices cuánto tiempo he estado dormida, podría adivinar dónde estamos, ¿verdad?

–Tengo que ser discreto, espero que lo entiendas.

–Sí, claro. Pero estar tan lejos de Galveston sigue asustándome un poco.

–Lo entiendo y te aseguro que haré todo lo posible para que Kolby y tú os encontréis cómodos aquí.

Lo que deseaba era marcharse de la isla y seguir con su vida, la vida que él mismo había elegido. Lo único que hacía que estar allí fuera soportable era tener a Shannon a su lado. Y eso lo turbaba porque se daba cuenta de la influencia que tenía en su vida.

–Aunque debo admitir –siguió ella– que este sitio es más bonito de lo que yo esperaba.

No debía de haber visto la torre de vigilancia o las cámaras de seguridad escondidas por todas partes, pensó Tony. O al guardia de seguridad que los esperaba en el muelle.

–No hay forma de preparar a alguien para venir aquí.

Kolby se lanzó hacia delante entonces y Tony lo agarró por el elástico del pantalón.

–Tranquilo, que aún no hemos llegado, renacuajo.

–No me llamo renacuajo –protestó el niño.

–Sí, es verdad. Sólo estaba intentando que nos hiciéramos amigos.

–¿Por qué? –le preguntó Kolby, muy serio.

–Me gusta tu mamá, así que es importante que yo te guste a ti.

Shannon lo miró, perpleja, mientras el niño se agarraba a su camisa.

–¿Yo te gusto?

–Sí, claro –respondió Tony.

Shannon señaló el mar con una mano.

–¿Eso era lo que querías ver, cariño? –le preguntó, señalando un par de delfines que nadaban al lado del ferry.

–¡Sí, sí! –gritó el niño, dando palmas.

De nuevo, Shannon veía algo bello, pero lo que Tony veía era muy diferente: los delfines le daban seguridad a la isla porque avisaban de la llegada de un barco. La isla era un mini–reino y el dinero no era ningún problema, aunque su padre contaba con muy pocos súbditos.

Tony volvió a preguntarse si haber vivido recluido durante toda su infancia tendría algo que ver con sus problemas para confiar en los demás. Él no había tenido una adolescencia normal y cuando se marchó de allí, siempre había mantenido relaciones esporádicas. El trabajo y su vida social lo mantenían ocupado.

Pero el niño que estaba a su lado hacía que todo fuese más problemático de lo que había creído.

Durante años había estado enfadado con su padre por haberlo obligado a vivir allí y, sin embargo, él estaba haciéndole lo mismo a Kolby. El niño lo pasaba bien por el momento, pero eso terminaría tarde o temprano.

Pero no dejaría que el pasado de los Medina de Moncastel afectase a su futuro. Aunque para eso tuviera que reclamar la identidad a la que había renunciado durante su vida adulta.

El ferry llegó al muelle unos minutos después.

El príncipe Antonio Medina de Moncastel había vuelto a la isla.

¿Cómo sería para Tony volver a aquel sitio?, se preguntó Shannon. Le gustaría preguntárselo, pero Tony permanecía en silencio desde que bajaron del ferry para subir a la limusina que los esperaba en el muelle. Se mostraba tan amable como siempre, pero su sonrisa iba perdiendo alegría por momentos.

O tal vez era su propia preocupación lo que hacía que viera las cosas de ese modo. Afortunadamente, Kolby iba con la nariz pegada a la ventanilla de la limusina y no se daba cuenta de nada.

¿Qué niño no miraría con admiración el bosque y los animales que correteaban libremente por la finca de tan palaciega residencia? El edificio de estuco blanco era del tamaño de un hotel. Claro que, en ningún hotel había visto guardias armados con metralletas.

Lo que debería haber hecho que se sintiera segura sólo servía para recordarle la situación en la que estaba y que el dinero y el poder tenían un precio. Pensar que Tony había crecido allí, sin conocer a nadie fuera de ese mundo... era un milagro que fuese una persona normal.

Si un príncipe multimillonario era una persona normal.

La limusina se detuvo después de pasar frente a una fuente de mármol y, de repente, un grupo de guardias de seguridad aparecieron como de la nada. Un criado, un mayordomo quizá, esperaba al pie de la escalera. Aunque Tony decía no querer saber nada de aquel sitio, parecía completamente cómodo en aquel mundo que a ella le resultaba surrealista. Y, por primera vez, Shannon comprendió la verdad.

El hombre guapísimo y silencioso que iba a su lado era un príncipe de sangre real.

–¿Tony?

–Ven conmigo –dijo él.

Colocándose a Kolby sobre la cadera, Shannon lo siguió hasta el interior de la casa. Desde el vestíbulo, de forma circular, salían dos tramos de escaleras que se encontraban en el centro y... ¿eso que había en la pared era un Picasso?

Sus zapatillas de lona crujían sobre el suelo de mármol y, aunque siempre había dicho que el dinero no era tan importante, seguía pensando que debería haber llevado otro tipo de zapatos.

Frente a ella, unas puertas de cristal daban acceso a una terraza sobre el mar, pero cuando iba a asomarse, Tony la tomó del brazo para llevarla hasta lo que parecía una biblioteca con suelos de mosaico y frescos en el techo. Un delicioso aroma a azahar entraba por las ventanas abiertas.

Un hombre mayor dormitaba en un sillón, frente a la chimenea apagada, con dos perros enormes a su lado.

El padre de Tony. El rey de San Rinaldo.

O la edad o la enfermedad habían hecho estragos, disminuyendo el parecido entre los dos hombres. Llevaba un traje oscuro, el pelo plateado echado hacia atrás. Su aspecto frágil y la palidez de su piel hacían que quisiera consolarlo.

Pero cuando el hombre abrió los ojos, el brillo helado que vio en ellos la detuvo.

–Bienvenido a casa. El hijo pródigo ha vuelto.

Enrique Medina de Moncastel hablaba en su idioma, pero con un fuerte acento. Y en su voz notaba cierta emoción. ¿O eso era lo que quería pensar?

–Hola, papá –Tony le dio una palmadita en el hombro–. Te presento a Shannon Crawford y a su hijo, Kolby.

El monarca miró en su dirección.

–Bienvenidos.

–Gracias por su hospitalidad –dijo Shannon.

–De no ser por mi familia, no necesitarías mi hospitalidad –le recordó Enrique, jugando con su reloj de bolsillo.

–Con un poco de suerte, no tendremos que molestarte durante mucho tiempo –intervino Tony–. Pero Shannon y su hijo necesitan alejarse de la prensa hasta que todo esto pase.

–No pasará –dijo su padre.

–Bueno, quiero decir hasta que las aguas se calmen un poco.

–Sí, claro. Me alegro de que hayas venido, Shannon. Has traído a Tony a casa, así que ya te has ganado mi simpatía –cuando sonrió, Shannon vio por primera vez el parecido entre los dos hombres.

–¿Qué te pasa? –le preguntó Kolby.

–Kolby… no se hacen esas preguntas.

–No me importa –dijo el rey, haciendo un gesto con la mano–. He estado enfermo. No tengo fuerzas para caminar.

Kolby miró la silla de ruedas plegada y colocada discretamente a un lado de la chimenea.

–¿Has estado muy enfermo?

–Sí, pero tengo buenos médicos.

–¿Tienes gérmenes?

–¡Kolby! –exclamó su madre.

El rey sonrió.

–No, hijo. No voy a contagiarte nada, no te preocupes. ¿Te gustan los animales?

–Sí –Kolby empezó a moverse, inquieto, hasta que Shannon lo dejó en el suelo–. Quiero un perro.

Un deseo tan sencillo, tan normal para un niño, pero no podían permitírselo. No podía pagar al veterinario ni el depósito que había que dejar en el apartamento por si causaba algún daño. Y se sentía culpable por no poder darle eso a su hijo.

Sin embargo, ¿no había tenido Tony que pasarse sin muchas otras cosas más importantes a pesar del dinero de su familia? Había perdido su hogar y a su madre para vivir en una prisión dorada.

–Puedes acariciar a mis perros –sugirió Enrique–. Ven, acércate y te presentaré a Benito y a Diablo. Están bien entrenados, no te harán daño.

Kolby no vaciló. Las reservas que tenía con Tony no parecían extenderse a su padre o a sus perros.

Diablo olisqueó la mano del niño y Kolby se rió, encantado, acariciando su cabezota. Parecía tan contento…

Un carraspeo interrumpió los pensamientos de Shannon. Había una joven muy guapa en la puerta de la biblioteca, vestida con un traje de Chanel. Debía de tener menos de treinta años y su pelo oscuro estaba recogido en un elegante moño. Y llevaba unas sandalias de tacón en lugar de unas zapatillas de lona.

–Alys, entra, por favor –dijo el rey–. Ven a conocer a mi hijo y a sus invitados. Os presento a mi ayudante, Alys Gómez Cortés. Ella os llevará a vuestras habitaciones.

Shannon tuvo que contener el deseo, humano por otra parte, de sacar conclusiones. No era asunto suyo a quién contratase el padre de Tony y no debería juzgar a nadie por su aspecto.

Y tampoco sentía celos de aquella chica tan guapa y elegante, que encajaba tan bien en el mundo de Tony. Después de todo, él apenas la había mirado.

Aun así, le gustaría haber guardado en la maleta unos zapatos de tacón.

Una hora después, Shannon cerraba la maleta vacía para guardarla en el armario de la suite.

No, era algo más que una suite, era casi un ala entera de la mansión. Suspirando, hundió los dedos de los pies en la espesa alfombra persa hasta que prácticamente desaparecieron en el estampado de tonos gris y salmón. Su habitación y la de Kolby estaban separadas por un salón con una zona de comedor y una pequeña cocina con nevera y alacena. Y el balcón era más grande que el patio de su edificio.

Cuando Alys los llevó a la suite, Kolby corrió de habitación en habitación durante quince minutos antes de caer agotado. Ni siquiera se había fijado en la caja llena de juguetes que había a los pies de la cama, tan emocionado estaba.

Y Tony le había dado tiempo para acostumbrarse a sus nuevos aposentos despidiéndose de ella con una de esas sonrisas que no llegaban a sus ojos.

Todo estaba en silencio ahora y podía oír el tictac de un reloj de pared y el sonido de las olas…

Shannon salió al balcón y cuando sus ojos se acostumbraron a la oscuridad, pudo ver la sombra de un hombre apoyado en la barandilla.

¿Tony? ¿Cómo había llegado allí sin que lo viera?

Sus balcones debían de estar conectados, pensó. De modo que alguien había planeado que pudieran acceder de una habitación a otra...

La brisa del mar movía su pelo y levantaba su falda, pero no estaba de humor para hablar con Tony en ese momento. Debería irse a la cama en lugar de soñar con apoyar la cara en su espalda y envolver los brazos en su cintura.

–Tony...

Él se dio la vuelta.

–¿Kolby se ha dormido?

–Sí, se ha dormido. Gracias por todo, los juguetes, la comida, las flores.

–Todo va con el paquete, no ha sido cosa mía.

–Ya, bueno, de todas formas –Shannon sonrió. Estaba segura de que él había tenido algo que ver–. Esto es increíble.

–Al dejar San Rinaldo tuvimos que conformarnos con algo más pequeño –dijo Tony.

–Gracias por traernos aquí. Sé que no ha sido fácil para ti.

–Yo soy la razón por la que tienes que esconderte, de modo que es justo que haga lo posible para que el niño y tú os encontréis cómodos.

Su marido nunca había intentado remediar sus errores, ni siquiera le había pedido perdón por lo que había hecho. Y no podía dejar de agradecer que Tony fuese tan considerado.

–¿Y tú? –le preguntó–. No habrías venido aquí de no ser por Kolby y por mí. ¿Qué esperas conseguir?

–No te preocupes por mí, sé cuidar de mí mismo. Además, así podré estar más tiempo contigo –contestó él, mirándola a los ojos–. Siempre he dejado claro cuánto me gusta estar contigo, Shannon. Incluso en esa primera cita, cuando no me dejaste darte un beso de buenas noches.

–¿Por eso seguiste insistiendo, porque te dije que no?

–Pero no seguiste diciendo que no mucho tiempo y aquí estoy, encendido sólo con escuchar tu voz –Tony le quitó las gafas y las dejó sobre una mesita para tomar su cara entre las manos–. Sólo con acariciar tu piel.

Aunque era el propietario de un imperio, con oficinas que ocupaban toda una manzana en Galveston, aún seguía teniendo callos en las manos de cuando era marinero. Y, desde luego, era un hombre que sabía qué hacer con las manos...

–Con sentir tu pelo.

Un gemido escapó de su garganta.

–Tony...

–Antonio –le recordó él–. Quiero que digas mi nombre, que sepas quién está contigo.

Y, en ese momento, era un príncipe extranjero, menos accesible que Tony, pero no menos excitante e infinitamente irresistible.

–Antonio...

Sus manos eran suaves, su boca firme. Shannon abrió los labios y se agarró a sus brazos mientras la besaba. Sin pensar, se movió ligeramente de derecha a izquierda, incrementando el dulce placer que le proporcionaba el roce de su torso, el duro muslo masculino entre sus piernas.

Luego dio un paso atrás y tiró de él hacia la habitación, su cuerpo le estaba ganando la partida a su cerebro, como solía ocurrir cuando estaba con él. Porque necesitaba estar con él, sentirlo dentro de ella.

–Antonio…

–Lo sé –dijo él, rozando su cara con la barbilla–. Tenemos que parar.

¿Parar? Shannon estuvo a punto de lanzar un grito.

–Pero yo pensé… quiero decir, normalmente, cuando llegamos tan lejos, vamos hasta el final.

–¿Estás dispuesta a continuar nuestra aventura?

Aventura. No sólo una noche de satisfacción, sino una relación con implicaciones y complicaciones.

Había estado a punto de complicarlo todo otra vez. Un par de besos y un muslo bien colocado y casi había vuelto a meterse en su cama.

Poniendo las manos sobre su torso, Shannon dio un paso atrás.

–No puedo negar que te echo de menos, pero no tengo el menor deseo de ser la amante del príncipe.

Tony levantó las cejas.

–¿Estás diciendo que quieres que nos casemos?

Capítulo Seis

–¿Casarnos? –Shannon estuvo a punto de atragantarse–. No, por favor, no quería decir eso.

Su enfática negativa no dejaba espacio para la duda: Shannon no estaba esperando que pidiera su mano. Afortunadamente, porque no se le había pasado por la cabeza. Hasta aquel momento.

¿Estaba dispuesto a llegar tan lejos para protegerla?

Shannon se dio la vuelta entonces.

–Tony… Antonio, no puedo seguir hablando contigo, mirarte, arriesgarme a besarte. Tengo que irme a la cama. Sola.

–¿Entonces qué quieres de mí?

–Terminar con esta locura. Dejar de pensar en ti todo el tiempo.

¿Todo el tiempo?

Ojalá eso fuera verdad. Pero, aunque era receptiva y entusiasta en la cama, no lo animaba mucho cuando tenían la ropa puesta. Y su enfado cuando le ofreció dinero aún le dolía. ¿Por qué siempre rechazaba sus intentos de ayudarla?

–¿Quién quiere estar consumido por este deseo? –siguió ella, paseando por la habitación–. Es muy incómodo, especialmente sabiendo que no puede llevarme a ningún sitio. Tú no estás dispuesto a casarte.

–No era ésa mi intención cuando empezamos a salir juntos –admitió él. Y, sin embargo, la idea se le había ocurrido cuando estaba en el patio de su casa. Sí, lo había asustado al principio, aunque no tanto como para rechazarla–. Pero ya que has sacado el tema…

Shannon levantó las manos.

–No, no, de eso nada. Has sido tú quien ha mencionado el matrimonio, no yo.

–Muy bien, de acuerdo. El caso es que el tema ha salido y está sobre la mesa. Vamos a hablarlo.

Ella lo miró, perpleja.

–Esto no es una fusión comercial, Tony. Estamos hablando de nuestras vidas… de la vida de mi hijo. No puedo permitirme el lujo de cometer otro error, el bienestar de Kolby depende de mis decisiones.

–¿Y casarte conmigo sería una mala decisión?

–No juegues con mis sentimientos –dijo ella, clavando un dedo en su torso–. Tú sabes que me siento atraída por ti. Si sigues así, seguramente cederé y nos acostaremos juntos… lo habríamos hecho en el avión si Kolby no hubiera estado allí, pero lo habría lamentado un minuto después…

–¿Por qué?

–¿Es eso lo que quieres que haya entre nosotros? ¿Quieres que lo lamente cada vez que despierte entre tus brazos?

Con las imágenes de los dos en la cama viajando de su cerebro a su entrepierna a una velocidad de vértigo, Tony consideró seriamente no pensar tanto las cosas y dejar que aquella locura que había entre los dos los llevase donde los llevase.

Su cama estaba sólo a unos metros y… entonces vio la manta a los pies de la cama.

¿Quién había puesto eso allí? ¿Podría su padre estar dejando recordatorios de su antigua vida familiar con la esperanza de devolverlo a la isla? Por supuesto que lo haría, pensó luego.

Aquella manta de cachemir gris lo devolvió a la realidad. La reconocería en cualquier parte porque era única. Su madre la había hecho para él poco antes de morir y la había usado como escudo durante la horrible escapada de San Rinaldo.

Maldita fuera, no debería haberle preguntado si sería tan malo casarse con él. Él sabía que lo era.

Tony dio un paso atrás, alejándose de los recuerdos y de la mujer que veía demasiado con sus perceptivos ojos gris azulados.

–Tienes razón, Shannon. Los dos estamos demasiado cansados como para tomar ese tipo de decisión en este momento. Que duermas bien –le dijo, antes de salir de la habitación.

Atónita, Shannon se quedó en medio del salón, preguntándose qué había pasado.

Un minuto antes estaba a punto de meterse en la cama con Tony, luego hablando de matrimonio y, de repente, estaba sola de nuevo.

Mirando su cama vacía, de repente se dio cuenta de que no tenía sueño. Tony la abrumaba tanto como el dinero y la posición de su familia.

Shannon estudió el Picasso que había sobre la cama, del período rosa quizá porque era un arlequín pintado en tonos naranjas y rosas. En la casa había visto ya tres obras de Picasso, uno en la habitación de Kolby.

Por supuesto, había escondido los rotuladores.

Riendo ante lo absurdo de la situación, acarició una manta que había sobre la cama. Resultaba extraña, suave y usada en contraste con el edredón nuevo. La lana de color peltre complementaba la decoración, en tonos salmón y gris, pero se preguntó de dónde habría salido.

Cuando tiró de ella para mirarla de cerca, se dio cuenta de que no era una manta de cama, sino más bien de viaje o una antigua toquilla. Envolviéndose en ella, salió al balcón para dejar que el sonido del océano la calmase un poco.

¿Era su imaginación o podía oler a Tony incluso en la manta? ¿O estaba tan firmemente arraigado en sus sentidos que se había convertido en una obsesión? ¿Qué tenía Tony que la emocionaba como nunca lo había hecho Nolan? Ella respondía a las caricias de su marido y se sentía satisfecha con su vida antes de la tragedia, pero Tony… la idea de volver a poner su vida en manos de otra persona le daba pánico.

¿Y dónde la dejaba eso? Pensando en convertirse en lo que la llamaba la prensa: «la amante del príncipe».

***

Tony escuchó… el silencio.

Por fin, Shannon se había ido a dormir. Afortunadamente. Y si hubiera estado un minuto más en su habitación, no habría tenido fuerza de voluntad para marcharse.

Aquel sitio lo volvía loco, pensó. Tanto, que incluso había sacado el tema del matrimonio. Cuanto antes solucionara aquel asunto, antes podría volver a Galveston, a un territorio que le resultase familiar y donde hubiera más oportunidades de reconciliarse con ella.

Pero no acostarse juntos por el momento era lo mejor. Tenía que calmar sus nervios antes del encuentro con su padre… y esa vez hablaría con él a solas.

Tony salió de su habitación y apenas se fijó en los muebles o en el puesto de guardia. Todo aquello seguía siendo muy familiar para él, aunque le resultaba un poco extraño que su padre no hubiese cambiado nada.

Enrique debía de haber estado con su enfermera durante la última hora, pero casi con toda seguridad estaría preparado para recibirlo. Y esperándolo.

Tony saludó con la cabeza al centinela que guardaba la puerta de las habitaciones privadas de su padre, un lugar masculino decorado en beige y marrón, con sofás de piel y muebles antiguos. Enrique guardaba su colección de cuadros de Salvador

Dalí para sí mismo, un trío de surrealistas relojes blandos sobre un paisaje.

Y lo esperaba en su silla de ruedas, con un batín azul marino y años de preocupación en su rostro.

–Siéntate –le dijo, señalando su sillón favorito.

Cuando él no obedeció, Enrique suspiró pesadamente.

–Siéntate –repitió–. Tenemos que hablar, hijo.

Tony debía admitir que estaba preocupado por su salud. Sabía que no se encontraba bien desde hacía tiempo, pero verlo en persona era muy diferente.

–¿Estás muy enfermo? –le preguntó–. Dime la verdad.

–Lo sabrías si hubieras vuelto cuando te lo pedí.

El viejo testarudo estaba dispuesto a morir solo antes que admitir lo enfermo que estaba.

Y, por supuesto, él había sido igualmente testarudo.

–Pero estoy aquí ahora.

–Tus hermanos y tú habéis provocado este problema.

–¿Tú sabes quién ha dado la información a la prensa? ¿Cómo es posible que esa fotógrafa reconociese a Duarte?

–Nadie lo sabe, pero mi gente sigue investigando. Pensé que serías tú el que nos expusiera públicamente –dijo su padre entonces–. Tú siempre has sido el más impetuoso de todos, pero te has portado sabiamente y con decisión, protegiendo a aquéllos que te importaban de verdad. Bien hecho.

–Ya no necesito tu aprobación, pero gracias por tu ayuda.

–Muy bien –asintió su padre–. Sé que no habrías aceptado mi ayuda si Shannon Crawford no estuviera involucrada. Y, por cierto, me gustaría ver a uno de mis hijos casado antes de morir.

A Tony se le encogió el estómago.

–¿Tan enfermo estás? ¿Necesitas ayuda?

–Estoy enfermo, pero no necesito que me arropen como si fuera un niño.

–No he venido a pelearme contigo, papá.

–No, claro que no. Has venido para pedirme ayuda.

Y tenía la impresión de que no iba a dejar que lo olvidase. Nunca se habían llevado bien y, aparentemente, eso no había cambiado.

–Si no tienes nada más que decir, me voy a dormir.

–Espera –Enrique miró su reloj de bolsillo, una costumbre, un tic que lo ayudaba a pensar–. Mi ayuda tiene un precio.

Sorprendido por el tono calculador, Tony arrugó el ceño.

–No lo dirás en serio.

–Completamente.

Debería haberlo esperado, pensó.

–¿Qué quieres?

–Quiero que te quedes en la isla durante un mes, mientras se implementan las nuevas medidas de seguridad.

–¿Eso es todo? –Tony lo había preguntado como

si no tuviera importancia, pero ya podía sentir la familiar claustrofobia. Los cuadros de Dalí parecían reírse de él, jugando con el tiempo, con una vida que terminaba en un segundo o un momento que se alargaba para siempre.

–¿Tan extraño es que quiera retener aquí a mi hijo para conocerlo mejor?

–¿Y si digo que no, qué harás? ¿Echar a Shannon y a su hijo a los leones?

–Su hijo puede quedarse, yo nunca sacrificaría la seguridad de un niño. Pero la madre tendrá que irse.

No podía hablar en serio. Tony estudió a su padre para ver si estaba tirándose un farol… pero su expresión era inescrutable.

Además, él le había confiado la seguridad de su esposa a otros. ¿Qué iba a impedir que echase a Shannon de la isla con un guardia de seguridad y una frase de buenos deseos?

–Shannon no se iría de aquí sin el niño.

Como su madre. Tony tuvo que tragar saliva.

–Ése no es mi problema. ¿De verdad te costaría tanto pasar un mes aquí?

–¿Y si la orden de alejamiento llegase antes?

–Te pediría que te quedases de todas formas. Me he arriesgado mucho dejándote venir a la isla, Tony.

Eso era cierto. Si alguien los había seguido, si alguien conocía el destino del avión…

–¿Y no habrá más condiciones?

–¿Quieres que lo ponga por escrito?

–Si Shannon decide marcharse este fin de semana, yo podría marcharme también. ¿Qué podrías hacer, borrarme de tu testamento? –le espetó Tony.

Enrique tuvo que sonreír.

–Siempre fuiste el hijo más divertido. He echado eso de menos.

–Yo no me estoy riendo.

La sonrisa de su padre desapareció.

–Puede que no quieras saber nada de mí, pero eres un Medina de Moncastel, eres mi hijo.

–No sé si puedo quedarme, papá. Con condiciones o sin ellas.

–¿Y si te dijera que estoy más enfermo de lo que crees?

–Muy bien, de acuerdo, te doy un mes –Tony suspiró–. ¿Cuál es el diagnóstico?

–El hígado me está fallando –respondió Enrique, sin la menor traza de autocompasión–. Debido a las condiciones de insalubridad cuando huimos de San Rinaldo, alguien me contagió una hepatitis.

Tony intentó recordar si su padre había estado enfermo cuando se reunieron en Sudamérica, antes de ir a la isla… pero sólo lo recordaba totalmente decidido y aparentemente seguro de sí mismo.

–No lo sabía, lo siento.

–Eras un niño entonces. No tenías que ser informado de todo.

En esos días no le contaban casi nada, pero aunque así hubiera sido, tal vez no le habría prestado atención, tan dolido estaba por la muerte de su madre. Eso lo recordaba bien.

–¿Cuánto tiempo te queda?

–No voy a palmarla en los próximos treinta días, no te preocupes.

–No quería decir eso.

–Lo sé –su padre sonrió, las arruguitas de alrededor de sus ojos se marcaban más que antes–. Yo también tengo sentido del humor.

¿Cómo había sido su padre antes de la isla? ¿Antes del golpe de Estado? Tony nunca lo sabría porque el tiempo se derretía como las imágenes de los cuadros de Dalí.

Aunque conservaba muchos recuerdos de su madre, apenas tenía alguno de su padre hasta que se reunieron en Sudamérica. Y en cuanto a San Rinaldo… sólo recordaba que los reunió para discutir el plan de evacuación. Esa noche había puesto el reloj de oro en sus manos, prometiendo que lo recuperaría muy pronto. Pero incluso a los cinco años, Tony se dio cuenta de que aquello podría ser un adiós. Y ahora quería que estuviese allí un mes para darle el adiós definitivo.

Qué ironía. Había llevado a Shannon a la isla porque lo necesitaba y ahora sólo podía pensar en cuánto necesitaba él estar con ella.

Capítulo Siete

¿Dónde estaba Tony?

Después de comer, Shannon estaba en el balcón, sola, mirando las gaviotas volando sobre el horizonte, con una taza de té y un platito de frutos secos sobre la mesa.

Qué extraño admirar un paisaje tan sereno en un momento tan tumultuoso, pensó.

Desde el balcón podía ver un océano interminable y la temperatura era parecida a la de Galveston, húmeda y calurosa. Eso debería tranquilizarla, pero no dejaba de mirar hacia la puerta, preguntándose dónde estaba Tony y por qué no lo había visto aún.

Aunque quería resistirse, echaba de menos su presencia mientras exploraba con Alys las interminables habitaciones de la villa, llenas de cuadros y antigüedades valiosísimas.

Y sólo había visto la mitad de la casa. Después, Alys le había presentado a dos mujeres que podrían cuidar de Kolby. Curiosamente, a ninguno de los empleados se le había escapado dónde estaba la isla a pesar de sus sutiles preguntas. Todos parecían entender la importancia de la discreción, por lo visto.

Un golpe de viento movió la falda de su vestido de algodón y Shannon puso la mano sobre su rodilla, suspirando.

El ruido de una puerta la sobresaltó entonces, pero no tuvo que girar la cabeza para saber quién era porque conocía el sonido de sus pasos.

–Hola, Tony.

Los mocasines italianos se detuvieron al lado de sus chanclas de color rosa.

–Siento no haber podido venir antes. He pasado la mañana hablando por teléfono con mis hermanos y con nuestros abogados.

–¿Alguna noticia?

–No, más de lo mismo. Aunque, con un poco de suerte, pronto podremos solicitar una orden de alejamiento –Tony sacudió la cabeza–. Pero dejemos el tema. Te he echado de menos durante el almuerzo.

–Kolby y yo hemos comido aquí. Sus modales a la hora de comer no están a la altura de un monarca.

–No tienes que esconderte, Shannon. Aquí no nos andamos con formalidades.

Aun así, Tony llevaba un pantalón de sport y una camisa azul marino en lugar de una camiseta y bermudas, que era lo que llevaría la mayoría de la gente durante unas vacaciones.

–Formalidades o no, aquí hay obras de arte y antigüedades carísimas. No quiero que Kolby rompa nada y te aseguro que es capaz de hacerlo.

–Pero...

–Necesitamos tiempo. Aunque espero que nuestra vida vuelva a la normalidad lo antes posible.

–Sí, tienes razón –admitió Tony–. ¿Quieres que demos un paseo?

–Pero mi hijo podría despertar y…

–Una de las niñeras se quedará con él, no te preocupes. Venga, así te contaré las últimas noticias que han aparecido en Internet –Tony sonrió–. Según una de las fuentes, los Medina de Moncastel tienen una estación espacial y te he llevado a la nave nodriza.

Shannon soltó una carcajada. Cuánto necesitaba reír después del estrés que había sufrido durante los últimos días.

–Bueno, está bien. Iré contigo, amante extraterrestre.

La sonrisa de Tony iluminó sus ojos por primera vez desde que el ferry llegó a la isla y el poder de esa sonrisa la hizo olvidarse de todo mientras bajaban a la playa.

El sol de octubre era muy cálido allí. ¿Podrían estar en México o Sudamérica? ¿O seguirían en Estados Unidos? En California, tal vez.

–Estamos en la costa de Florida –dijo Tony, como si hubiera leído sus pensamientos.

Ella levantó la mirada, sorprendida.

–Gracias.

–Lo habrías adivinado en un par de días.

Tal vez, pero dado el secretismo de los empleados de Enrique, Shannon no estaba tan segura.

–Cuéntame alguno de esos ridículos rumores.

–¿De verdad quieres hablar de eso?

–No, la verdad es que no –Shannon se quitó las chanclas y hundió los pies en la arena–. Gracias por la ropa y por los juguetes para Kolby. Los usaremos mientras estemos aquí, pero tú sabes que no podemos quedárnoslos.

–No seas aguafiestas –Tony le dio un pellizco en la nariz–. Y no me des las gracias a mí, los empleados de mi padre se encargaron de todo. Pero si eso te hace feliz, donaremos los juguetes a alguna organización benéfica antes de marcharnos.

–¿Cómo han conseguido tantas cosas en tan poco tiempo?

–¿Eso importa? –Tony se quitó los zapatos para acercarse a la orilla del agua.

–No, supongo que no. Los juguetes son estupendos, pero lo que más le gusta a Kolby son los perros. Están muy bien entrenados.

–Sí, desde luego. Y no te preocupes, los entrenadores harán que se acostumbren a Kolby y lo protejan mientras estéis aquí.

Shannon sintió un escalofrío.

–¿Un perro no puede ser simplemente una mascota?

–Las cosas no son tan sencillas para nosotros –Tony giró la cabeza para observar a las gaviotas volando sobre el mar.

¿Cuántas veces las habría mirado de niño, soñando con escapar de allí?, se preguntó Shannon. Ella entendía bien el deseo de escapar de una jaula dorada.

–Lo siento.

–No tienes por qué.

–¿Es aquí donde solías hacer surf?

–No, en esta playa las olas son muy suaves. El mejor sitio está a dos kilómetros de aquí... o, al menos, solía estarlo. ¿Quién sabe después de tantos años?

–¿Podías ir por toda la isla sin que nadie te controlase?

–Cuando era adolescente, sí. Y cuando terminaba las clases, claro –respondió Tony, señalando una tortuga que nadaba hacia la playa–. Aunque a veces dábamos las clases aquí mismo.

–¿En la playa? Qué divertido, ¿no?

–Mis tutores eran gente interesante.

–¿Y hacer surf era como la clase de gimnasia?

–En realidad, la clase de gimnasia consistía en aprender artes marciales.

Durante los dos años que impartió clases de música en un instituto, antes de conocer a Nolan, algunos de sus alumnos practicaban kárate. Pero ellos iban a un gimnasio para eso.

–Es tan raro pensar que no has ido a un baile de graduación o que no jugabas al baloncesto con tus compañeros de clase.

–Jugábamos al baloncesto, pero no tenía más compañeros que mis hermanos. Y no había animadoras –bromeó Tony.

Pero Shannon se dio cuenta de que estaba usando el humor para disimular sus verdaderos sentimientos.

¿Cuántas veces habría hecho eso en el pasado sin que ella se diera cuenta?

–Habrías sido un jugador de fútbol estupendo, seguro.

–De fútbol europeo, ése es el que me gusta.

–Ah, claro, es verdad.

Shannon asintió con la cabeza. Nunca pensaba en él como en un extranjero, pero lo era. Y le gustaría saber algo más sobre el hombre que había encargado un jeep en miniatura para su hijo… para luego decir que debía darle las gracias a su padre.

–¿Sigues viéndote como un europeo después de tantos años en Estados Unidos?

–La verdad es que nunca pensé en esta isla como Estados Unidos. En realidad, es casi un país aparte.

–Sí, lo entiendo. Aquí hay una gran mezcla de culturas –asintió Shannon. La mayoría de la gente hablaba en su idioma, pero también había escuchado conversaciones en francés y alemán. Y los libros que había en la biblioteca eran una mezcla de autores internacionales–. Dijiste que pensabas que habías vuelto a San Rinaldo cuando llegaste aquí.

–Sólo al principio. Pero mi padre nos explicó enseguida dónde estábamos.

Qué conversación tan difícil para Enrique, pensó ella.

–Los dos hemos perdido tanto… tal vez lo intuí en cierto modo y eso es lo que nos ha unido.

Tony le pasó un brazo por los hombros.

–No te engañes a ti misma, Shannon. Yo me sentí atraído por el tipazo que tienes con esa faldita negra del uniforme. Y cuando me miraste por encima del hombro con esas gafas… perdí la cabeza.

Ella le dio un codazo.

–Neanderthal.

–Oye, que soy un hombre de sangre caliente y tú eres guapísima. Pero estás muy seria –dijo Tony entonces–. La vida ya es suficientemente complicada y lo mejor será disfrutar del momento, ¿no te parece?

–Sí, tienes razón.

A saber cuánto tiempo le quedaba con Tony antes de que todo aquello les explotase en la cara.

–Sigamos hablando de bailes de graduación y de surf. Habrías sido un chico malo, seguro.

–Y seguro que tú eras una buena chica. ¿Llevabas gafas entonces?

–Desde octavo –contestó ella–. Y me dedicaba a la música, así que no tenía tiempo para los chicos.

–¿Y ahora?

–Ahora quiero disfrutar de este mar tan azul y de un día sin nada que hacer –Shannon dio un paso adelante para meter los pies en el agua.

–¿Y lo estás pasando bien? –le preguntó Tony, tomándola por la cintura.

–Sí, muy bien. Contigo siempre lo paso bien, sea en la ópera o dando un paseo por la playa.

–Mereces pasarlo bien en la vida. Y yo haría que todo fuese más fácil para ti, ya lo sabes.

–Y tú sabes lo que pienso de eso –Shannon tomó su cara entre las manos–. Esto, tu protección, la ropa nueva, los juguetes… es más de lo que querría aceptar.

Tenía que dejar eso claro antes de considerar la idea de acostarse con él de nuevo.

–Deberíamos volver –murmuró Tony.

El brillo de deseo que había en sus ojos era innegable y, sin embargo, se apartó.

Shannon quería que la besara y él se daba la vuelta a pesar de haber dicho que la deseaba. Aquel hombre la desconcertaba por completo.

Cinco días después, Shannon estaba echada sobre una tumbona viendo a su hijo conducir el jeep en miniatura por el balcón. Era la primera vez en casi una semana que estaba sola y nunca en su vida un hombre había intentado conquistarla como lo hacía Tony, que se mostraba más encantador que nunca.

¿Su tiempo en la isla podría estar a punto de terminar?

Suspirando, tomó un sorbo de limonada recién hecha. En la isla no había preocupaciones y el resto del mundo parecía no existir mientras el sol calentaba su piel y las olas proporcionaban un relajante hilo musical.

Y todo gracias a Tony. Y a su padre, que no ahorraba en gastos para proveer a la isla de todo lo necesario y más: tres comedores distintos, una sala de cine con los últimos estrenos, gimnasio, piscinas interiores y exteriores, sala de recreo. Y aún podía oír los gritos de Kolby al ver los caballos y los ponis en el establo.

Y durante todo ese tiempo, Tony estaba a su lado, tomándola por la cintura, acariciando su pelo, tentándola de todas las maneras posibles. El brillo de sus ojos le recordaba que la pelota estaba en su cancha, que debía ser ella quien diera el siguiente paso. Aunque no podría ser aquel día, porque Tony no estaba por ningún sitio.

La puerta se abrió en ese momento y Shannon giró la cabeza. ¿Tony?

No, no era Tony, sino Alys, que se dirigía hacia ella, sus tacones repiqueteaban sobre el suelo de cerámica. Shannon tuvo que hacer un esfuerzo para no arrugar el ceño, porque sería una grosería mostrarse antipática con alguien que estaba siendo tan atento.

–¿Querías algo, Alys?

–Antonio me ha pedido que viniera a buscarte –contestó ella. Como siempre, no tenía una sola arruga en el traje y no parecía molesta por tener que llevar zapatos de tacón durante todo el día–. Vendrá enseguida, está hablando con su padre.

Shannon se levantó de la tumbona para ir al vestidor. Ya se había puesto todo lo que llevaba en la maleta y, aunque el servicio de lavandería funcionaba perfectamente, empezaba a sentirse un poco desagradecida por no ponerse lo que alguien se había tomado la molestia de elegir para ella.

De modo que aquel día se pondría alguna de las prendas que llenaban su vestidor. Shannon eligió un vestido de seda de Óscar de la Renta, la tela era tan suave, que acariciaba su piel con cada paso.

–¿Debería cambiar a Kolby de ropa, Alys? –le preguntó, saliendo al balcón de nuevo.

–No creo que haga falta.

–Me han dicho que has sido tú quien encargó estos vestidos. Muchas gracias.

–No tienes por qué dármelas, es mi trabajo.

–Pues tienes un gusto excelente.

–Vi una fotografía tuya en Internet y elegí los colores que pensé te quedarían bien. Es divertido comprar con el dinero de otros.

Y debían de valer muchísimo dinero porque todos los vestidos eran de famosos diseñadores. Había de todo, desde pantalones vaqueros a blusas, faldas, vestidos de seda y zapatos de tacón. Hasta una selección de bañadores…

Y ropa interior de satén.

Aunque se sentía un poco incómoda al pensar que aquella mujer lo había elegido todo por ella.

–No te preocupes por el gasto –siguió Alys, dejándose caer sobre el borde de la tumbona–. Para don Enrique no significa nada y se sentiría incómodo si vistieras de otra manera.

–¿Por qué?

–De este modo, eres una de los suyos y así tiene una preocupación menos.

Ah, claro, sus zapatillas de lona debían de hacer que el rey se sintiera incómodo, pensó Shannon.

Pero no lo dijo en voz alta porque parecería una desagradecida.

–Si no te importa que te lo pregunte: ¿cuánto tiempo llevas trabajando aquí?

–Sólo tres meses.

¿Y cuánto tiempo pensaba quedarse? La isla era una maravilla, un lugar de vacaciones apartado del mundo. ¿Qué clase de vida podría tener una mujer joven en aquel sitio?

Alys se levantó entonces abruptamente.

–Aquí está Antonio.

–Ah, gracias por encontrarla, Alys.

–De nada –murmuró la joven, alejándose discretamente unos metros para jugar con Kolby.

Tony llevaba un traje de chaqueta, sin corbata. Estaba sonriendo, pero en su rostro veía cierta tensión, como siempre que pasaba un rato con su padre.

–¿Qué tal ha ido la reunión?

–No quiero hablar de eso –Tony tomó un lirio de un jarrón, cortó el tallo y se lo puso a Shannon detrás de la oreja–. Prefiero disfrutar de la preciosa vista. La flor es casi tan bonita como tú.

–Gracias. ¿De dónde salen todas estas flores?

–En la isla hay un invernadero con suministros ilimitados.

Otra cosa que no hubiera imaginado, aunque eso explicaba que siempre hubiera flores frescas en las habitaciones.

–Muchas gracias.

–Te haría el amor en una cama de flores si me dejases –murmuró Tony, acariciando su cuello.

Qué fácil sería dejarse llevar, pensó ella. Pero había caído antes en esa trampa de seducción y el resultado había sido un desastre.

–¿Y las espinas?

Él soltó una carcajada.

–Siempre tan práctica, mi amor. Pero hoy vamos a salir.

¿Mi amor?

–¿Dónde vamos?

–Al muelle.

Shannon lo miró, perpleja.

–¿Nos vamos de la isla?

–Me temo que no tenemos tanta suerte. Tu apartamento sigue rodeado de paparazzi... tal vez deberías mudarte a un edificio con una verja de seguridad. Pero no, no nos vamos de aquí, sólo vamos a recibir a unos invitados.

El alivio que sintió al saber que no se iban de la isla la hizo pensar.

–¿Quieres venir conmigo?

–Sí, claro –murmuró ella, pensativa–. Pero no puedo dejar a Kolby solo...

Alys se aclaró la garganta.

–No te preocupes por eso, la señorita Delgado se quedará con él. Ya sabes que se llevan muy bien.

Shannon empezaba a sentirse egoísta por tener tanto tiempo libre mientras las niñeras se encargaban de Kolby. Pero la verdad era que el niño parecía encontrarse a gusto con todas ellas.

–Sí, claro, estupendo.

Se dio cuenta entonces de que Alys no estaba

99

mirándola a ella, sino a Tony. Y lo miraba con una expresión…

De repente, sintió una punzada de celos como no había sentido nunca. Ella se creía por encima de tan primitiva emoción y sabía que Tony no había animado en absoluto a la mujer.

Aun así, tuvo que hacer un esfuerzo para no tomarlo del brazo y dejar claro que era suyo. Pero Alys había dejado claro lo que esperaba conseguir viviendo en la isla.

Quería a un hombre de la familia Medina de Moncastel.

Capítulo Ocho

Tony conducía el Porsche Cayenne en dirección a la pista de aterrizaje, alegrándose de que Shannon estuviera a su lado para tan incómodo encuentro. Aunque tenerla a su lado era una tortura.

Durante la última semana, compartir la isla con ella había sido un placer... doloroso. Cada día encontraba más razones para desearla y lo hipnotizaba con las más pequeñas cosas.

Cuando se sentaba al borde de la piscina y la veía mover los pies en el agua, imaginaba esas largas piernas enredadas en su cintura.

Cuando la veía tomar una limonada, deseaba saborear la fruta de sus labios.

Quería conquistarla de nuevo, pero era más fácil decirlo que hacerlo. Pero el objetivo hacía que estar en la isla fuese soportable para él.

¿Y cuando volvieran a Galveston?, se preguntó. En fin, pensaría en ello cuando estuvieran allí. Por el momento, tenía que enfrentarse a otros asuntos.

–Aún no me has dicho a quién vamos a buscar. ¿A tus hermanos?

–A mi hermana Eloísa. Mi hermanastra, en realidad –contestó Tony.

–¿Una hermana? Yo no sabía…

–Y tampoco lo sabe la prensa –dijo él. Su hermanastra había logrado pasar desapercibida para los medios de comunicación al crecer con su madre y su padre adoptivo en Pensacola, Florida–. Pero ahora que el secreto de mi familia ha salido a la luz, su historia también aparecerá en los periódicos tarde o temprano.

–¿Puedo preguntar qué historia es ésa?

–Sí, claro –Tony se concentró en la carretera, una excusa conveniente para disimular su gesto de irritación–. Mi padre tuvo una aventura con su madre cuando llegamos a Estados Unidos y Eloísa es el resultado.

–Ah, vaya.

–Sí, desde luego –murmuró él, mirándola por el rabillo del ojo.

–Me imagino que no fue fácil para ti aceptar eso. Kolby apenas recuerda a su padre y, sin embargo, le resulta difícil aceptar que haya otro hombre en mi vida. Y él no ha tenido que arreglárselas con otro hijo.

¿Otro hijo? ¿Con ella? La imagen de un niño de pelo oscuro, su hijo, en brazos de Shannon lo cegó momentáneamente.

–La aventura de mi padre es asunto suyo, no mío.

–¿Y te llevas bien con tu hermanastra?

–Sólo la he visto una vez.

Cuando era adolescente, su padre apareció un día con una niña de siete años a la que presentó como su hermana. Pero Tony no odiaba a Eloísa, la

102

pobre no tenía la culpa de nada. De hecho, con quien estaba enfadado era con su padre.

–Ha venido a la isla en varias ocasiones, pero yo ya no estaba aquí. Pero Duarte y ella se han visto un par de veces y eso es lo que despertó la atención de los medios.

–¿Cómo? –preguntó Shannon.

–Eloísa se ha casado con un Landis.

Ella lo miró, sorprendida. Los Landis eran lo más parecido a la realeza que había en Estados Unidos. Qué ironía.

–Ya sabes que la prensa no los deja en paz –Tony aceleró cuando llegaron al aparcamiento del muelle. Un avión acababa de aterrizar en la pista y el ferry estaba preparado para llevar a sus pasajeros a la isla–. Su marido, Jonah, es un hombre muy discreto, pero por muy discreto que sea, tarde o temprano estas cosas siempre salen a la luz.

–¿Qué pasó?

–Le hicieron una fotografía a Duarte… aún no sabemos cómo es posible que la fotógrafa lo relacionase con mi familia, pero así fue. Y ahora han sacado nuestras fotos, nuestro pasado… el de todos.

–¿El mío también?

–Me temo que sí.

Más razones para quedarse en la isla. La estafa de su marido, incluso su suicidio, había aparecido en los periódicos esa misma mañana y Shannon tenía derecho a saberlo.

–Mis pobres suegros –murmuró ella.

103

–Siento mucho todo esto, de verdad. Y siento no poder hacer nada –se disculpó Tony, acariciándole el pelo.

Shannon se apoyó en su mano.

–Tú no tienes la culpa. Y me has ayudado mucho esta semana.

Tony quería besarla, reclinar el asiento y explorar el escote del vestido; el deseo hacía que perdiese la cabeza hasta que sólo podía ver, oler y sentir a Shannon. Lo demás no importaba en absoluto. Cuando la besó, ella se derritió sobre su torso, clavando las uñas en sus antebrazos mientras le devolvía el beso.

Había pasado mucho tiempo, demasiado, desde la última vez que hicieron el amor, antes de aquella absurda discusión cuando le ofreció dinero. Esos catorce días le habían parecido catorce años, pero tenía que parar. No podía seguir besándola en el aparcamiento.

–Vamos, es hora de conocer a mi hermana –Tony bajó del coche mientras ella se estiraba el vestido.

Cuando le abrió la puerta, Shannon le dio las gracias en silencio. Otra cosa que le gustaba de ella. Había compartido muchas cosas con las mujeres, pero nunca había podido compartir con ninguna un agradable silencio. Hasta que conoció a Shannon.

Tony se concentró en el sonido de las olas, en los gritos de las gaviotas y en el inmenso océano que se extendía ante ellos.

Poniendo la mano en la espalda de Shannon, esperó mientras su hermana y su marido bajaban del ferry. Eloísa no se parecía mucho a su padre, pero sí tenía cierto aire familiar y, según los medios de comunicación, Jonah era el Landis menos convencional. Si eso era cierto, se llevarían bien.

–Bienvenidos –los saludó–. Eloísa, Jonah, os presento a Shannon Crawford. Yo soy…

–Antonio –lo interrumpió su hermana–. Os he reconocido por las fotografías de Internet.

Eran extraños a pesar de ser parientes, pensó Tony, sintiéndose incómodo.

–¿Cómo está nuestro padre?

–No muy bien. Los médicos hacen lo que pueden.

Eloísa miró a su marido.

–No le conozco demasiado bien, pero no me puedo imaginar la vida sin él. Ya sé que debe de sonar absurdo, pero así es.

Hacer las paces con una situación tan desagradable no era fácil, pero Eloísa parecía haberlo conseguido y Tony la admiraba por ello.

Jonah le dio una palmadita en la espalda.

–Encantado de conocerte.

–Lo mismo digo.

–Tengo que llevar las maletas al coche. Si me dices dónde está…

¿Un Landis llevando sus propias maletas? Aquello sí que era nuevo, pensó Tony, irónico. A él le gustaba la gente natural y ésa era una de las cualidades que más apreciaba en Shannon. Ella no parecía en absoluto impresionada por el dinero de su familia y mucho menos por su depuesto título.

Pero, por primera vez, pensó que sería más feliz sin los problemas y los conflictos de una familia como la suya.

Y eso lo convertía en un egoísta por mantener una relación con ella. Pero no era capaz de apartarse. Shannon era el único puerto en medio de la tormenta y en aquel momento sólo un vestido de Óscar de la Renta lo separaba de lo que quería, de lo que necesitaba más que ninguna otra cosa.

Aunque debía elegir el momento y el sitio con cuidado, ya que la isla empezaba a llenarse de gente.

Al día siguiente, Tony la llevó a la playa mientras Kolby se echaba la siesta. Iban a nadar un rato, le había dicho, pero ella sabía que esperaba algo más.

Y cuando lo vio en bañador, tuvo que tragar saliva. Bronceado, musculoso, inteligente, rico y un príncipe, además. Aparentemente, lo tenía todo y, sin embargo, trabajaba sin descanso. De hecho, había pasado más tiempo con él en la última semana que durante los meses que salían juntos en Galveston.

Y todo lo que descubría sobre Tony la sorprendía.

—¿Vas a decirme por qué hemos venido aquí?

—Por eso —contestó él, señalando unas tablas de surf apoyadas sobre el tronco de una palmera.

—Lo dirás en broma.

–No, hablo completamente en serio.

–Pero yo no hago surf. Y el agua debe de estar fría.

–No te preocupes por eso, hoy las olas no son tan altas como para hacer surf. Pero hay cosas que hasta un principiante puede hacer. No te vas a romper nada, te lo aseguro –sonriendo, Tony le ofreció su mano.

Estaban en una isla, lejos de la vida real. Y, aunque no estaba segura de poder confiarle su corazón, en cualquier otro sentido confiaba en él completamente. Tony no dejaría que le ocurriese nada.

Una vez tomada la decisión, se quitó el vestido sin mangas que llevaba encima del bañador y Tony la llevó hacia las tablas de surf, intentando disimular el efecto que ejercía en él verla con tan poca ropa.

–Sólo vamos a meternos en el agua, pero ya verás que hasta eso puede ser divertido sobre una tabla.

Unos minutos después, Shannon estaba tumbada sobre una de las tablas de surf, flotando en el mar. Las olas eran tan suaves, que sólo la levantaban un poco y el movimiento era muy agradable.

Su vida había sido tan frenética desde la muerte de Nolan que estar allí, en medio del mar, en silencio, sin nada que hacer más que remar con las manos, le parecía un paraíso.

–Pensé que te gustaría estar aquí –dijo Tony, como si le hubiera leído el pensamiento.

–Y tenías razón. Pero llevas muchos días dedicándome tu tiempo... a mí y a Kolby. ¿No tienes que volver a trabajar?

–Trabajo desde la isla a través de Internet y el teléfono.

–¿Y cuándo duermes?

–La verdad es que cada día duermo menos, pero eso no tiene nada que ver con el trabajo –Tony la miraba a los ojos dejando claro lo que sentía y Shannon no pudo dejar de preguntarse por qué se molestaba tanto cuando ni siquiera se acostaban juntos.

Podría haberle puesto guardias de seguridad para protegerla de la prensa y ella no habría discutido. Sin embargo, allí estaba, con ella.

–¿Qué ves en mí? –le preguntó, apoyando la barbilla sobre las manos–. No quiero halagos, Tony, sólo la verdad. Tú y yo somos tan diferentes... ¿soy una especie de reto, como lo fue levantar tu negocio?

–Shanny, tú haces que el concepto de reto se convierta en algo irresistible.

–Lo digo en serio.

–¿En serio? –repitió él–. Muy bien, ya que tú misma has sacado el tema del trabajo, tal vez pueda hacer una analogía. En el trabajo serías alguien a quien me gustaría tener en mi equipo.

–¿Qué quieres decir?

–Tu tenacidad, tu negativa a dejarte vencer, incluso tu frustrante negativa a recibir ayuda, me impresionan mucho. Eres una mujer asombrosa, tanto, que a veces no puedo apartar la mirada de ti.

Shannon tragó saliva, emocionada. Después de sentirse culpable durante tanto tiempo, de preguntarse si podría educar sola a Kolby y cuidar de él sin ayuda de nadie, agradecía esas palabras más de lo que hubiera imaginado.

Tony se lanzó al agua entonces y apareció un segundo después frente a ella.

–Siéntate un momento en la tabla.

–¿Qué?

–Siéntate en la tabla, con las piernas a cada lado.

–Pero tu tabla se va flotando...

–No te preocupes, la recuperaré enseguida –Tony la ayudó a mantener el equilibrio sobre la tabla y después se sentó tras ella–. Ahora, no te muevas. Tranquila, aquí puedes dejarte ir.

¿Dejarse ir? De repente, Shannon se dio cuenta de que estaba haciendo algo más que enseñarle a moverse sobre una tabla de surf. Estaba compartiendo algo privado con ella, algo muy especial. Incluso un hombre tan decidido como él necesitaba un descanso del estrés diario.

Pero al sentir el roce del agua en las piernas y el del torso masculino en su espalda, empezó a experimentar una tensión diferente. De repente, el bañador le parecía demasiado ajustado... y el sol calentaba más que antes.

Sin pensar, se echó un poco hacia atrás para apoyar la cabeza sobre su hombro y notó que también a Tony le estaba afectando esa proximidad. Y mucho.

Cuando empezó a acariciar sus muslos, le preocupó que alguien pudiese verlos, pero de espaldas a la isla, en medio del mar... podía perder la cabeza un poco, se dijo a sí misma.

Podían dejarse ir y encontrar el placer allí mismo, sin moverse. Sencillamente, sintiéndose el uno al otro. Y eso la asustaba.

Había pensado que podría montar la ola, por así decir, y retomar su aventura con Tony.

Pero aquel abandono, aquella falta de control... no estaba segura de poder arriesgarse.

De modo que, haciendo acopio de valor, apartó las manos de Tony de sus muslos...

Y se lanzó al agua.

Capítulo Nueve

Tony apoyó la tabla de surf sobre una palmera y se volvió para colocar la de Shannon. La aprensión que veía en sus ojos lo frustraba como nunca.

Podría haber jurado que estaba disfrutando del momento tanto como él; un momento asombroso que había estado a punto de convertirse en algo mucho mejor.

Pero entonces, Shannon se había lanzado al agua y le había dicho que quería volver a la playa para dar un paseo.

–¿Podemos dejarlas aquí?

–No se las va a llevar nadie, Shannon.

Sí, la frustración sexual lo tenía de mal humor y sospechaba que ningún paseo, por largo que fuera, iba a cambiar eso. No sabía lo que Shannon necesitaba, no sabía por qué se apartaba de él… y ella no le daba ninguna pista.

–¿Qué es eso? –preguntó ella entonces, señalando algo entre los árboles.

–Una capilla.

–¿En serio? Es preciosa.

–Mi padre construyó en la isla todo lo que podríamos necesitar, incluyendo una clínica y esa capilla.

No era muy grande, pero sí lo suficiente como para acomodar a todos los que vivían en la isla. Su hermano mayor le había dicho una vez que esa capilla de estilo español era lo único que se parecía un poco a su vida en San Rinaldo.

–¿No me digas que fuiste monaguillo de pequeño?

–Sí, pero duré poco. No podía quedarme quieto y al sacerdote no le hacía gracia que llevara mis legos para entretenerme durante la misa.

–¿Legos? ¿En serio?

–Todos los domingos. Me habría llevado más juguetes, pero mi niñera me confiscó la pistola de agua.

Shannon soltó una carcajada.

–Por favor, no le des ideas a Kolby.

–No lo haré, tranquila. Claro que mi niñera nunca supo que también me llevaba una navaja suiza.

–¿Llevabas una navaja a la iglesia?

–Y grabé mis iniciales en uno de los bancos –le confesó Tony–. ¿Quieres ver si siguen allí?

Shannon negó con la cabeza.

–¿Por qué me has traído aquí?

¿Por qué? Tony no se había parado a pensarlo. Había actuado por instinto, dejándose llevar por aquella relación sin control que mantenía con Shannon. Pero él no solía hacer cosas sin ninguna razón.

–No lo sé, tal vez para que recuerdes que hay un hombre aquí –contestó, tocándose el pecho–. Además de un príncipe.

Pero, dijera lo que dijera, la herencia de su familia seguía siendo como una maldición. Daba igual las veces que se cambiara el nombre, siempre seguiría siendo Antonio Medina de Moncastel.

Shannon había dejado claro que no quería esa clase de vida.

Y, por fin, Tony se dio cuenta.

Varias horas después, Shannon metía la cabeza en el refrigerador industrial en busca de algo sólido. Un vaso de leche no sería suficiente.

Se debatió durante unos segundos entre un plato de trufas al coñac y una copa de crema catalana… y después decidió tomar las dos cosas.

La cocina estaba en silencio y ella estaba de mal humor. Y todo por culpa de Tony, que la atormentaba con encantadoras historias de su infancia y encuentros sexuales en la playa… para luego volver a mostrarse frío.

Shannon probó una de las trufas y dejó escapar un suspiro de placer mientras se sentaba en un sillón.

Desde que volvieron de la playa, Tony había mantenido las distancias. Ella había pensado que estaban acercándose más, conociéndose un poco mejor y entonces, de repente, se convertía en el perfecto anfitrión, amable pero frío durante la cena con su familia.

Por eso no había podido probar bocado y por

eso ahora tenía hambre. Pero cuando metió la cucharilla en la crema catalana, supo que ningún pastel, por rico que fuera, conseguiría calmarla.

Cuando empezó a salir con Tony, sabía que era un riesgo, pero sus hormonas se habían vuelto locas, tal vez porque llevaba mucho tiempo sin estar con un hombre. No, no era cierto. Sus hormonas no se volvían locas por cualquier hombre, sólo por él. Era un problema que no había disminuido en absoluto.

–Ah, estás aquí.

Shannon levantó la cabeza, sorprendida.

–Tenía hambre. Te recomiendo la crema catalana, está riquísima.

–Yo estaba pensando en algo más sustancioso. Un bocadillo, por ejemplo.

–¿Los príncipes pueden hacerse sus propios bocadillos?

–¿Quién va a impedírmelo? –Tony sacó de la nevera embutidos, mostaza y lechuga y se dispuso a hacer un bocadillo.

–Espero que al cocinero no le importe que hayamos invadido su territorio. También he calentado un poco de leche para Kolby en el microondas.

–¿No se encuentra bien?

–Sí, sí, está bien. Pero creo que echa de menos nuestra casa –Shannon suspiró, admirando los vaqueros gastados de Tony, su pelo alborotado.

–Lo siento.

–No, por favor. Agradezco mucho lo bien que te portas con nosotros, pero a veces un niño necesita las cosas a las que está acostumbrado.

114

–Sí, lo entiendo –Tony colocó el bocadillo sobre un plato y se sentó frente a ella.

–Mañana le diré al cocinero que lo he dejado todo en su sitio.

–Lo único que podría molestarle es que lo llamases cocinero en lugar de chef.

–Ah, es un chef, claro –murmuró ella, irónica–. Tu mundo y el mío son tan diferentes…

–Pero cuando estabas casada vivías de una manera opulenta, ¿no?

Shannon dejó la copa de crema catalana sobre la mesa. No quería pensar en el dinero sucio de Nolan.

Y Tony parecía incómodo, raro. Tal vez empezaba a pensar que su relación era un error y no podría culparlo por ello. Su estricto código de honor le exigiría que cuidase de Kolby y de ella hasta que la prensa olvidara el asunto, pero Shannon no quería convertirse en una obligación.

Habían salido juntos, se habían acostado juntos, pero a medida que descubrían más cosas el uno del otro se daba cuenta de lo superficial que había sido su relación hasta ese momento.

Y no estaba dispuesta a hablar de su matrimonio con Nolan ni a confesarle todos sus secretos. Ni siquiera sabía si Tony querría conocerlos.

Pero, pasara lo que pasara entre ellos, necesitaba que entendiese quién era.

–Yo no procedo de una familia adinerada. Mi padre era profesor de instituto y mi madre secretaria. Éramos una familia normal… bueno, me imagino que ya lo sabes.

–¿Por qué iba a saberlo?

–Si tienes que estar siempre preocupado por tu seguridad, me imagino que tu gente se encargará de investigar a las personas con las que te relacionas.

–Eso sería lo más sensato, sí.

–Y tú eres un hombre sensato.

–No siempre lo soy cuando se trata de ti.

–Te has portado siempre como un caballero y lo sabes –dijo Shannon. Aunque ella empezaba a desear que no lo fuera, porque necesitaba sus besos, su cuerpo, el placer que podía darle.

Tony mordió su bocadillo mientras un reloj daba la hora tras ellos.

–Kolby cree que estamos de vacaciones –siguió ella.

–Y así es como debería recordar estos días.

–¿Qué tal con tu padre? Es evidente que no tenéis una relación muy estrecha, pero me parece un hombre interesante.

El viejo rey se había aislado del mundo desde que llegaron a la isla, pero estaba al día en cuanto a acontecimientos internacionales y tenían un gusto parecido en literatura. Y, estando allí, Shannon se había dado cuenta de muchas cosas. Por ejemplo, de que no era tan parco en palabras con su hija como lo era con Tony.

–Sí, supongo que lo es –murmuró él, sin mirarla.

–¿Por qué estás despierto a estas horas?

–Soy un ave nocturna. Y tengo insomnio, además.

–¿Insomnio? No lo sabía. Claro que no podía

saberlo, ya que nunca hemos dormido juntos. ¿Llevas mucho tiempo teniendo ese problema?

–Siempre ha sido así. Mi madre probó con todo, desde leche caliente a una manta «mágica» antes de rendirse. También ella solía hacerme bocadillos a medianoche.

–¿Tu madre, la reina, te hacía bocadillos?

–Pues claro. Mi madre pertenecía a una familia real arruinada y había aprendido a cocinar desde pequeña. Nos enseñó a mis hermanos y a mí a movernos por la cocina… no es que sepamos cocinar muy bien, pero tampoco nos moriríamos de hambre si tuviéramos que hacerlo.

–¿En serio?

Tony se encogió de hombros.

–En San Rinaldo había tantos sitios a los que no podíamos acceder por cuestiones de seguridad, que le gustaba que nos sintiéramos cómodos en casa. Y la cocina era uno de nuestros sitios favoritos.

Como le pasaría a cualquier otro niño, pensó Shannon. Sólo que aquel niño vivía en un castillo del siglo XVI.

–¿Y qué cosas solía cocinar tu madre?

–Cíclopes.

–¿Cómo?

–Un huevo frito con una rebanada de pan encima –contestó Tony, haciendo un gesto con la mano–. El pan tenía un agujero en el centro por el que asomaba la yema como…

–El ojo de un cíclope. Mi madre los llamaba Popeyes –Shannon sonrió, aquel tonto recuerdo los acercaba un poco más–. Tu madre debía de ser una persona encantadora.

–Sí, creo que lo era –murmuró él.

–¿Sólo lo crees?

–Conservo pocos recuerdos de ella… la manta de cachemir, nuestros ratos en la cocina.

–Algunos olores son capaces de grabar los recuerdos, ¿verdad?

Tony la miró, con los ojos ensombrecidos. No solía pensar en la muerte de su madre… pero «muerte» era una palabra tan benigna para describir aquel terrible asesinato…

–¿Qué recuerdas de ese día, Tony? –insistió Shannon, apretando su mano–. ¿Del día que os fuisteis de San Rinaldo?

–No mucho –respondió él, acariciándole la muñeca–. Entonces sólo tenía cinco años.

–Los acontecimientos traumáticos se quedan firmemente grabados en la memoria. Yo recuerdo un accidente de coche cuando tenía dos años. Recuerdo un Volkswagen rojo…

–Seguramente porque viste fotografías más adelante –la interrumpió él, levantando la cara para mirarla a los ojos–. ¿Cuánto tiempo más tendré que esperar hasta que me pidas que te bese otra vez? Porque ahora mismo estoy tan excitado, que no me importaría nada tumbarte en la mesa y…

–¡Tony!

–Sólo digo lo que pienso. Lo que siento.

–Primero te portas como el príncipe azul, después me ignoras durante la cena y luego, de repente, quieres besarme… y no con mucha delicadeza, por cierto. Francamente, no te entiendo.

Tony apoyó los brazos en la mesa, sus bíceps se marcaban claramente.

–Te deseo cada minuto del día, Shannon. Tengo que hacer un esfuerzo sobrehumano para no tomarte entre mis brazos ahora mismo y al infierno cualquiera que entre aquí. Pero hoy, en la playa, me he dado cuenta de algo: mi vida, mi apellido y todo lo que va con él… creo que no es eso lo que tú quieres.

Ella tragó saliva. Tony también había sentido esa conexión entre los dos en la playa… y le daba miedo. Por eso se apartaba, por eso intentaba asustarla con la cruda oferta de sexo sobre la mesa.

Pues peor para él, porque no pensaba dar un paso atrás. Había deseado aquello, a él, durante demasiado tiempo como para asustarse ahora.

Capítulo Diez

Tony quería a Shannon en su cama, pero ella estaba rompiendo sus barreras, removiendo cosas que él había querido olvidar. Recuerdos que le dolían y que no servían de nada.

–¿Entonces qué dices? ¿Lo hacemos aquí o en tu habitación?

Shannon no parecía asustada en absoluto. Al contrario, lo miraba con expresión triste.

–¿Para eso me has traído aquí?

Tony miró el escote de su camisón, el encaje acariciando sus pechos como le gustaría hacerlo a él.

–Creo haber dejado claro desde el principio lo que quería.

–¿Estás seguro?

–¿Qué quieres decir con eso?

Shannon se levantó para acercarse a él, la tela del camisón rozaba sus piernas.

–No me confundas con tu madre.

–Te aseguro que eso es imposible –Tony tiró de ella para sentarla sobre sus rodillas, dispuesto a demostrárselo.

–Espera –Shannon lo detuvo poniendo una mano en su pecho–. Sé que sufriste un trauma de niño. Nadie debería perder a una madre como tú perdiste a la tuya… y me gustaría que no hubieras tenido que pasar por eso.

–Y yo desearía que mi madre siguiera viva.

–Pero no puedo dejar de preguntarme si estás ayudándome, a mí y a Kolby, como una forma de compensar la muerte de tu madre –siguió Shannon.

Él dejó escapar un suspiro de frustración.

–Veo que llevas mucho tiempo pensando en el asunto.

–Lo que me has contado esta tarde… y esta noche me ha dejado las cosas muy claras.

–Pues gracias por el psicoanálisis. Podría pagar por tus servicios, pero eso sólo serviría para que nos peleásemos otra vez.

–Yo creo que eres tú quien está buscando pelea –Shannon lo miró con una ternura que no podía disimular–. Siento mucho haberte molestado.

¿Molestarlo? Estaba hablando de cosas de las que él no quería hablar, cosas que no quería recordar. Necesitaba cambiar de tema, pero sabía que Shannon estaba decidida a analizarlo.

Cuando apretó su mano, estuvo a punto de apartarse. Era un contacto muy simple, pero en su estado el roce provocó un incendio.

–Shannon –murmuró, con los dientes apretados–. Estoy a punto de explotar. Si no quieres que te haga el amor aquí mismo, lo mejor será que vuelvas a tu habitación.

Pero ella siguió apretando su mano.

–No quiero irme.

–Maldita sea, no sabes lo que estás haciendo. Shanny, dime que me vaya.

–No, de eso nada. Sólo quiero saber una cosa.

–¿Qué?

–¿Tienes un preservativo?

Tony dejó escapar un largo suspiro de alivio.

–Sí, tengo uno. De hecho, llevo dos en la cartera. Pase lo que pase, quiero que estés protegida.

Cuando la abrazó, Shannon levantó la cabeza para buscar sus labios. Los suyos sabían a caramelo y tuvo que hacer un esfuerzo para no tomarla allí mismo, en la cocina.

Pero siguió besándola, buscando su cuello, su garganta, con el aroma a lavanda recordándole duchas compartidas en su casa.

–Tenemos que ir a tu habitación.

–La despensa está más cerca. Podemos cerrar la puerta con llave.

–¿Estás segu…?

–No lo digas –Shannon hundió los dedos en su pelo–. Te deseo y no quiero esperar ni un segundo más.

Tony la tomó en brazos hunció ella lo besaba, murmurando palabras cariñosas que lo excitaban cada vez más.

Una vez en la despensa, del tamaño de un dormitorio, cerró la puerta y le quitó las gafas para dejarlas sobre un estante.

Estaban a oscuras y cuando Shannon iba a encender la luz, Tony se lo impidió.

–No necesito luz. Tu precioso cuerpo está grabado en mi memoria –murmuró, tirando del camisón–. Tengo que hacer un esfuerzo para no…

–No hagas más esfuerzos. Quiero al Tony desinhibido –dijo Shannon con voz ronca.

Cuando logró quitarle el camisón, inclinó la cabeza para besar sus pechos. Desde luego que no necesitaban luz. Conocía bien su cuerpo, sabía cómo acariciarla, cómo besarla hasta que se volvía loca.

Los botones de su camisa saltaron por el aire y, aunque sintió frío en la espalda, las cálidas manos de Shannon en su torso eran todo el calor que necesitaba. Temblando, tiró de las braguitas hasta que se reunieron en el suelo con el camisón mientras ella bajaba la cremallera de sus vaqueros para acariciarlo, pasando la mano arriba y abajo…

Tony tuvo que cerrar los ojos.

Fue ella quien sacó la cartera del bolsillo para tomar un preservativo. Tony oyó como rasgaba el paquetito y se lo ponía con torturante precisión.

–Ahora –murmuró, con tono exigente–. Contra la puerta o en el suelo, me da igual mientras estés dentro de mí.

Tony la apoyó contra la sólida puerta de madera mientras Shannon tiraba de sus pantalones, enganchando una pierna en su cintura. Un segundo después, se hundió en el húmedo terciopelo, cerrando los ojos de nuevo.

En la oscura despensa, el aroma de Shannon y la calidez de su piel eran más excitantes de lo que recordaba, casi haciéndolo caer de rodillas.

De modo que se concentró en ella, sólo en ella,

acariciándola con las manos y la boca mientras se movía adelante y atrás. Shannon se apretaba contra él, gimiendo, jadeando hasta que se tragó sus suspiros con un beso.

Con los dientes apretados, intentaba contenerse mientras ella lo mordía en el hombro, dejando escapar un grito ahogado de placer, los espasmos del orgasmo hacían que cayera sobre su torso como una muñeca rota.

Por fin, por fin, podía dejarse ir. La oleada de placer lo ensordecía, lo cegaba…

En la cresta de la ola, el alivio lo hizo temblar, moviendo el suelo bajo sus pies hasta que su frente golpeó la puerta.

Apretándola contra su pecho, con el corazón acelerado, los dos volvieron a la Tierra poco a poco.

Con el sol reflejándose en la superficie de la piscina, Shannon le quitó la camiseta a Kolby y le puso unas sandalias. Había pasado la mañana con su hijo y con Eloísa, pero aún seguía temblando.

Después de hacer el amor con Tony en la despensa, se habían encerrado en su habitación para seguir amándose hasta el amanecer. Su piel recordaba el roce de la barba masculina en sus pechos, en su estómago, en el interior de sus muslos.

¿Cómo podía seguir deseándolo? Debería estar muerta de sueño y no preguntándose cuándo podrían volver a estar solos de nuevo.

Claro que antes tendría que encontrarlo.

Tony se había ido de su habitación al amanecer y no había sabido nada de él en toda la mañana.

–Quiero ver una película –dijo Kolby entonces.

–Ya veremos, cariño.

La hermana de Tony, Eloísa, dejó el libro que estaba leyendo.

–Puedo llevarlo yo, si quieres. No me importa.

–Pero tú estás leyendo. Además, ¿no te ibas esta tarde? Supongo que tendrás que hacer el equipaje.

–¿De verdad crees que un invitado de Enrique se molesta en hacer el equipaje? No te preocupes, tengo tiempo. Además, me apetece ver la última película de Disney.

Eloísa era bibliotecaria y eso explicaba la bolsa de libros que había llevado a la isla. Su marido era arquitecto, especializado en restaurar edificios históricos. Eran una pareja encantadora, nada pretenciosa.

–¿Y si no tienen la película que…? No, qué tontería. Seguro que la tienen.

–Da un poco de miedo, ¿verdad? –Eloísa soltó una carcajada–. Yo no crecí así y sospecho que tú tampoco.

Shannon se pasó una mano por el brazo, temblando a pesar del calor.

–No, desde luego que no. ¿Qué haces para que todo esto no te abrume?

–Ojalá pudiese darte una receta, pero la verdad es que sigo preguntándome cómo debo llevarlo –Eloísa miró hacia la casa con el ceño fruncido–. Y ahora que todo se sabe… bueno, aún no saben nada sobre mí. Por eso estamos aquí este fin de semana, para hablar con Enrique y sus abogados. No quiero que publiquen nada sobre mí.

–Claro, lo entiendo.

Afortunadamente, Eloísa tenía el apoyo de su marido y Tony había estado a su lado desde el principio. ¿Pero quién ayudaba a Tony? Sus hermanos no habían aparecido por la isla en todo ese tiempo.

–Bueno, yo me voy a ver una película con tu hijo mientras tú nadas un rato o te das un baño… o te echas una siesta. ¿Qué te parece?

–Por favor, mami –le suplicó Kolby, que había estado muy atento a la conversación–. Me gusta Lisa.

–Si de verdad no te importa…

–No, en absoluto. Además, seguro que se queda dormido mientras ve la película. Disfruta de la piscina un rato más, Shannon.

–Muchas gracias, de verdad.

–De nada. Además, tengo que practicar. Jonah y yo esperamos tener hijos algún día.

–Espero que podamos charlar un rato más antes de que te vayas de la isla.

–No te preocupes –Eloísa le hizo un guiño–. Me imagino que volveremos a vernos.

Sonriendo, Shannon abrazó a su hijo, respirando el aroma del talco mezclado con el cloro de la piscina. Y, como de costumbre, Kolby intentó apartarse.

–Quiero ver la película, mami.

–De acuerdo, pero sé bueno con la señora Landis.

Demasiado inquieta como para dormir o darse un baño, Shannon miró la piscina. Nadar un rato le parecía lo mejor, de modo que se lanzó de cabeza al agua y empezó a hacer largos, olvidándose de todo salvo de los latidos de su corazón, mezclados con el ruido de sus brazadas.

Cinco largos después, se hundió en el agua y cuando volvió a sacar la cabeza, vio a Tony al borde de la piscina, en bañador.

El bronceado torso masculino cubierto de vello oscuro le recordaba su noche juntos, en la despensa, en su dormitorio...

¿Quién hubiera pensado que el orégano y el romero pudieran ser afrodisíacos?

Los ojos de Tony se clavaron en el bikini de croché con evidente admiración antes de lanzarse de cabeza al agua.

Y cuando apareció a su lado tenía una sonrisa en los labios.

–Hola.

–Hola –dijo Shannon–. Te echaba de menos.

–Perdona, he tenido que hacer muchas llamadas. Aunque estaba deseando terminar para reunirme contigo... y seducirte otra vez.

–¿Ah, sí?

–Tú deberías ser tratada como una princesa.

¿Una princesa? Shannon lo miró, divertida.

–¿En serio?

–¿Estás dispuesta a ser seducida como una princesa, Shannon?

Capítulo Once

Tony puso una mano en la espalda de Shannon mientras recorrían el camino que llevaba al invernadero. Tenía la piel caliente del sol y esperaba sentir y ver cada centímetro de esa piel sin barreras entre los dos lo antes posible.

Había pasado toda la mañana preparando un sitio romántico para su próximo encuentro. Encontrar un sitio privado en la isla no era tan fácil como debería, pero él era persistente y creativo.

Shannon merecía ser tratada como una princesa y él tenía los recursos necesarios para hacerlo. Y, ahora que la conocía mejor, no dejaba de pensar en nuevas posibilidades para cuando volvieran a Galveston... cuando hubiese cumplido la promesa que le había hecho a su padre de quedarse allí durante un mes.

–¿Dónde vamos? –preguntó Shannon.

–Ya lo verás.

En medio del camino había un viejo roble que el equipo de seguridad de la isla no había arrancado, como habían hecho con muchos otros de los árboles. De niño, Tony había suplicado que no lo cortaran para poder subirse a él y su padre había aceptado, aunque de mala gana. El recuerdo lo sorprendió porque no solía recordar cosas de su vida en la isla. No quería recordarlas.

Cuando apartó una de las ramas, un montón de mariposas salieron volando hacia el invernadero.

–¡Qué bonitas! –exclamó Shannon.

–Mira, ése es el invernadero del que te he hablado.

Enrique había hecho todo lo posible para que sus hijos tuvieran una infancia más o menos normal; todo lo normal que podía ser una infancia como la suya, claro.

Tony se había llevado una sorpresa cuando se marchó de allí, pero al menos trabajar en un barco le había dado tiempo para asimilar todos los cambios. Entonces incluso decidió alquilar un barco de pesca para vivir en lugar de un apartamento.

–También hay una heladería en el muelle. Podríamos llevar a Kolby algún día.

Esperaba que se diera cuenta de que incluía a Kolby en sus actividades para darle a su relación una oportunidad de que funcionase de verdad.

–A mi hijo le encantan los helados de fresa.

–Intentaré recordarlo –dijo él. Y lo decía en serio–. También tenemos una clínica y, por supuesto, la capilla.

–Veo que tu padre pensó en todo –Shannon se quedó encantada al ver una fuente de piedra de la que bebían unas palomas.

–Siempre ha dicho que es labor de un monarca darle a su gente todo lo que necesita. Esta isla se ha convertido en un mini reino para él y, estando tan alejados del resto del mundo, ha querido dar una sensación de normalidad –Tony miró al cielo y vio que se llenaba de nubes–. Pero algunos de los miembros de su equipo han fallecido y eso representa un nuevo reto, porque tiene que contratar a gente que no es de San Rinaldo, gente que no ha tenido que huir de su país y tiene posibilidades de vivir otro tipo de vida.

–Como Alys.

–Exactamente –asintió él–. Pero será mejor que corramos, está empezando a llover.

Tony tomó su mano para subir los escalones que llevaban a la entrada del invernadero y cuando abrió la puerta, comprobó que todo estaba como él había pedido.

–¡Dios mío, Tony! –exclamó Shannon, mirando alrededor–. Esto es maravilloso.

El interior del invernadero era una fiesta de flores y plantas de todos los colores, con helechos colgando sobre sus cabezas y música clásica saliendo por los altavoces.

Al contrario que otros invernaderos que había visitado, atestados de plantas en un espacio muy pequeño, aquello parecía casi un parque.

Había una fuente de mármol italiano en el centro, con el agua cayendo de la boca de una serpiente sobre el cuerpo de un dios romano. Parterres de hierro forjado sujetaban hortensias y violetas de todos los tamaños. Había cactus, palmeras, todo tipo de plantas que Shannon no podría nombrar. Y flores, flores por todas partes.

–¿Estamos solos aquí?

–Completamente –respondió Tony, señalando una mesa con un mantel de hilo blanco y servicio para dos personas–. Hay mejillones, brochetas de verduras, salmón, aceitunas y queso.

Shannon pasó a su lado, sin tocarlo pero tan cerca, que un campo magnético pareció activarse de repente.

–No sé qué decir, es como un sueño. Gracias, Tony.

–Tenemos vino tinto de rioja y un jerez estupendo, ¿qué te apetece?

–Vino tinto, por favor. Pero… ¿podemos esperar un momento antes de comer? Quiero verlo todo.

–Esperaba que dijeras eso –sonriendo, le pasó una copa de vino y, después de probarlo, Shannon esbozó una sonrisa.

–Maravilloso.

–Y hay más –Tony tomó su mano para llevarla hacia una esquina, donde había una mullida hamaca cubierta con pétalos de rosa.

Todo era tan perfecto, tan precioso, que los ojos de Shannon se llenaron de lágrimas. Seguía asustándola cuánto deseaba hacerle caso a su instinto y confiar en sus sentimientos hacia él.

Para disimular, hundió la cara en un jarrón lleno de flores.

–Qué mezcla de fragancias tan increíble.

–Es un ramo especial. Cada flor ha sido elegida para ti por una razón diferente.

–¿Ah, sí? Una vez me dijiste que te gustaría envolverme en flores.

–Ésa es la idea –Tony la tomó por la cintura–. Y te aseguro que no hay espinas, sólo placer.

Si la vida pudiera ser tan sencilla...

Pero ya no les quedaba mucho tiempo y Shannon no quería resistirse.

–¿Seguro que nadie va a interrumpirnos? –le preguntó, dejando la copa sobre la mesa para echarle los brazos al cuello–. ¿No hay teleobjetivos o cámaras de seguridad?

–Nada de eso. Hay cámaras de seguridad fuera del invernadero, pero no dentro. Y nuestros guardias no son mirones. Estamos total y absolutamente solos –le aseguró él, apretándola contra su cuerpo para que no tuviese la menor duda de lo que lo hacía sentir.

–Ah, lo tenías todo preparado –murmuró Shannon–. No sé si me gusta ser tan predecible.

–Tú eres cualquier cosa salvo predecible, cariño. Nunca había conocido a nadie que me desconcertase tanto como tú –Tony le quitó las gafas para dejarlas sobre una mesita–. ¿Alguna pregunta más?

–No lo sé… tal vez quién es capaz de quitarle la ropa al otro a mayor velocidad.

–Ah, ése es un reto irresistible.

Riendo, empezaron a desnudarse el uno al otro. Tony tenía el pelo alborotado y Shannon lo imaginó como un rey en un galeón español, surcando los mares.

Iba a dejarse llevar por la fantasía, decidió, sin miedos. No quería escuchar la vocecita interior que insistía en que recordase pasados errores.

–Ha pasado tanto tiempo… –murmuró él.

–Han pasado menos de ocho horas desde que te fuiste de mi habitación.

–Demasiado tiempo.

Shannon deslizó un dedo por el tatuaje que tenía en el brazo.

–Siempre había querido preguntarte por qué te hiciste este tatuaje en particular.

Tony flexionó el bíceps.

–Es una brújula, un símbolo de que siempre podré encontrar el camino de vuelta a casa.

–Hay tantas cosas que no sé sobre ti…

–Eso puede esperar –Tony tomó una orquídea del jarrón, que pasó por su nariz, sus pómulos, sus labios–. Una orquídea magnífica para una mujer magnífica.

Shannon, emocionada, tuvo que sentarse al borde de la hamaca mientras él tomaba otra flor del jarrón.

–Salvia azul porque pienso en ti día y noche –murmuró, dejándola sobre la hamaca.

–¿Cómo sabes…?

–Calla –Tony tomó un lirio del jarrón–. He elegido este lirio porque eres una belleza –dijo con voz ronca, haciendo círculos con él sobre su pecho hasta llegar al erecto pezón.

El excitante roce hizo que Shannon arquease la espalda.

–Tony…

–¿Quieres que pare?

–¡No!

Tony puso el lirio en sus manos.

–¿Qué tal si tú juegas también? Te aseguro que te gustaría –sonriendo, tomó una rosa de color coral–. Una rosa de pasión –le dijo, con expresión intensa, pasando el capullo por su estómago y más abajo.

Shannon echó la cabeza hacia atrás, con los ojos cerrados, preguntándose hasta dónde se atrevería a llegar.

El sedoso roce se volvía cada vez más atrevido y Tony siguió hasta acariciar la entrada de su cueva. Shannon abrió las piernas, con la piel de gallina, concentrada en las sensaciones, en los perfumes que la rodeaban.

Sintió el cálido aliento de Tony sobre su estómago un segundo antes de que su boca ocupase el sitio de la flor y cerró los puños sin darse cuenta, aplastando el lirio, que dejó escapar su perfume.

Shannon giraba la cabeza de un lado a otro, mordiéndose los labios hasta que un grito de placer escapó de su garganta. Tony se colocó entonces sobre ella, calentándola con su cuerpo, y Shannon enganchó una pierna en su cintura para animarlo.

El aroma de las flores aplastadas se pegaba a su piel mientras la llenaba, ensanchándola, moviéndose dentro de ella. Le sorprendió que el deseo la abrumase de nuevo cuando acababa de tener un orgasmo, pero el roce del torso masculino sobre su pecho y la suavidad de los pétalos de rosa en su espalda eran irresistibles.

Y los aromas… mientras acariciaba su espalda, se daba cuenta de que Tony no sólo estaba entrando en su cuerpo, sino en su corazón. ¿Cómo había podido pensar que podría resistirse?, se preguntó. Por mucho que intentara decirse a sí misma que sólo era algo físico, una aventura, sabía que aquel hombre era mucho más para ella.

–Déjate ir, yo estoy a tu lado –lo oyó decir con voz ronca.

Y lo creyó.

Por primera vez en mucho tiempo, confiaba totalmente en otra persona.

Esa certeza rompió sus barreras y el placer lo llenó todo.

Tony dejó escapar un gemido ronco, los tendones de su cuello se marcaban mientras llegaba al orgasmo, y los ojos de Shannon se llenaron de lágrimas.

Se sentía desnuda, totalmente incapaz de esconderse. Y no quería hacerlo. Le había confiado su cuerpo, pero había llegado el momento de confiarle todos sus secretos.

Capítulo Doce

Tony observaba a Shannon mientras usaba el iPhone para hablar con Kolby. Quería quedarse un rato más en el invernadero cuando comprobase que el niño estaba bien y esperaba que así fuera.

Seguía lloviendo, pero había salido el sol, sus rayos creaban un arco iris en el jardín interior, dándole un aspecto casi mágico.

Tenía a Shannon de vuelta en su cama y en su vida y pensaba hacer lo imposible para que siguiera allí. La química que había entre ellos, la conexión… era algo único. Shannon había sido capaz de aceptar la extraña situación de su familia y seguía siendo la misma de siempre a pesar de estar rodeada de riquezas. Por fin había encontrado a una mujer en la que podía confiar, una mujer con la que podía pasar el resto de su vida, pensó.

De modo que volver a la isla había sido una buena idea, después de todo. Y le debía algo más de lo que le había dado hasta el momento, pensó. En realidad, había destrozado la tranquila vida de Shannon y era él quien debía solucionarlo.

A la luz del día, no podía seguir eludiendo la verdad.

Tenían que casarse.

La decisión le parecía tan clara, que se preguntó por qué no lo había pensado antes. Sus sentimientos por ella eran profundos y sabía que a Shannon le importaba de verdad. Casarse resolvería todos los problemas.

Tony empezó a trazar un plan: esa noche la llevaría a la capilla, iluminada con velas, y le pediría que se casara con él mientras la tarde de amor que habían compartido seguía fresca en su mente.

Sólo tenía que encontrar la forma de convencerla para que dijera que sí…

Shannon cortó la comunicación y se volvió, con una sonrisa en los labios.

–La niñera dice que Kolby acaba de despertar y quiere ver una película.

–Ah, entonces no le ha pasado nada –bromeó Tony.

Shannon le dio una palmadita en el brazo.

–No me tomes el pelo por ser tan protectora. No puedo evitarlo.

–No te tomo el pelo, la verdad es que yo haría lo mismo si fuera mi hijo –respondió él–. ¿Por qué me miras con esa cara?

–Perdona, no quería ofenderte. Pero sé que no tienes costumbre de tratar con niños y es evidente que Kolby y tú no os lleváis bien.

Algo que tendría que solucionar si quería ser parte de la vida de Shannon.

–Me gustaría llevarme bien con él, te lo aseguro.

–Lo sé, lo sé.

Tony apretó su mano entonces.

–Yo nunca te engañaría como hizo tu marido.

Shannon hizo una mueca, pero él levantó su cara con un dedo para mirarla a los ojos.

–Sé que no te gusta hablar de ello, pero tenemos que hacerlo. Una vez te pregunté si tu marido te había pegado y me dijiste que no. ¿Es cierto?

Ella se sentó abruptamente.

–Vamos a vestirnos y luego podremos hablar. Así no me siento cómoda.

Mientras se vestía, Tony se puso el bañador, sin decir nada. Shannon respiró profundamente antes de volverse para mirarlo.

–Te dije la verdad, Nolan no me pegó nunca. Pero hay cosas que debo explicarte para que entiendas por qué es tan difícil para mí aceptar tu ayuda. Nolan era un hombre muy decidido, muy perfeccionista. Ese perfeccionismo hizo que tuviera éxito en los negocios y yo creí que duraría para siempre. Al principio nos llevábamos bien, pero a medida que pasaba el tiempo, se volvía más acaparador, más exigente. Era amable conmigo, pero no quería que saliese con nadie, ni siquiera con mis amigas. Yo me pregunté muchas veces si debía dejarlo, ¿pero cómo podía dejar a un hombre porque no le gustaba cómo colgaba la ropa en el armario? ¿Sabes cuánta gente se reía de mí porque me disgustaba que no quisiera que trabajase fuera de casa? Nolan decía que quería estar más tiempo conmigo cuando no trabajaba y, al final, perdí el contacto con mis amistades.

Tony asintió con la cabeza. Entendía que se hubiera sentido sola, porque ése era un sentimiento que él conocía muy bien.

–Entonces me quedé embarazada y separarnos se hizo más complicado. Un día, cuando Kolby tenía trece meses, tuvo una fiebre muy alta. Nolan estaba de viaje y tuve que llevarlo a urgencias, pero ni siquiera sabía si teníamos seguro médico porque Nolan se encargaba de todo eso. Siempre decía que no me preocupara de esas cosas, pero ese día me di cuenta de que tenía que ocuparme personalmente de mi hijo. Nolan no me informaba de nada… y su ordenador y su móvil tenían una contraseña secreta.

–¿Nunca le preguntaste?

–No le gustaba que le preguntase con quién hablaba o qué estaba haciendo, pero ese día decidí descubrir algo sobre nuestra situación económica. En realidad, no sabía si Nolan tenía el dinero en alguna cuenta en las islas Caimán o algo así… y tuve la suerte de averiguar la contraseña de su ordenador.

–¿Tú descubriste la estafa? –exclamó Tony–. Dios mío, tuviste que ser muy fuerte para delatar a tu marido…

–Es lo más difícil que he hecho en toda mi vida, pero le di las pruebas a la policía. Había robado tanto a tanta gente, que no podía quedarme callada. Su padres pagaron la fianza y… cuando volví a casa, Nolan tenía una pistola en la mano.

–Dios mío. Sabía que se había suicidado, pero

139

no sabía que tú estuvieras en casa. Lo siento tanto…

—Eso no es todo –Shannon se irguió–. Nolan dijo que me mataría a mí, luego a Kolby y luego a sí mismo.

Sus palabras lo hicieron sudar. Aquello era mucho peor de lo que había imaginado. Cuando la abrazó, notó que estaba temblando, pero no dejó de hablar:

—Sus padres aparecieron entonces en el camino de entrada y Nolan se dio cuenta de que no tendría tiempo de llevar a cabo su plan, gracias a Dios. De modo que se encerró en su estudio y… apretó el gatillo.

—Dios mío, no sé qué decir. Debió de ser horrible para ti.

—Yo no les conté a sus padres lo que planeaba hacer. Habían perdido a su hijo, que se había convertido en un delincuente… no quería hacerles más daño.

Tony besó su frente y la apretó contra su pecho.

—Fuiste muy generosa con un hombre que no se lo merecía.

—No lo hice por él, lo hice por mi hijo. Kolby tendrá que vivir sabiendo que Nolan era un delincuente, pero no pienso decirle que su propio padre quería matarlo.

—Has luchado mucho por él –murmuró Tony, acariciándole la espalda–. Eres una buena madre y una buena persona, Shannon.

Le recordaba a su propia madre envolviéndolo

en la manta cuando huían de San Rinaldo, diciéndole que eso lo mantendría a salvo. Y había estado en lo cierto. Si hubiera podido protegerla a ella...

Shannon se secó las lágrimas con el dorso de la mano.

–Gracias a Dios que encontré a Vernon. Lo vendí todo para pagar las deudas de Nolan, incluso mi piano y mi oboe. Mi primer trabajo como camarera en Louisiana no era suficiente para pagar los gastos y no sabía qué hacer cuando Vernon me contrató. Todos los demás me trataban como si fuera un paria. Incluso los padres de Nolan no querían saber nada de mí. Mucha gente creía que yo debía de saber lo que Nolan estaba haciendo, incluso que había guardado el dinero en algún sitio.

Tony la miraba, con el corazón encogido. Por fin había encontrado a una mujer en la que podía confiar, una mujer con la que podía casarse.

Pero seguramente un marido era lo último que Shannon buscaba.

Dos horas más tarde, Shannon estaba sentada en el suelo de la suite, jugando con Kolby. Después de contarle a Tony la triste verdad de su vida necesitaba estar a solas con su hijo.

Las últimas veinticuatro horas habían estado cargadas emocionalmente en todos los sentidos, pero, afortunadamente, Tony había sido muy comprensivo. Siempre lo era. Y también era el más tierno de los amantes.

¿Podía arriesgarse a proseguir su relación con él cuando volvieran a Galveston?, se preguntó. ¿Sería posible para ella tener una pareja normal?

–Tengo hambre –dijo Kolby, tirando de su camisa.

–Muy bien, cariño. Bajaremos a la cocina a ver qué encontramos. Pero antes tenemos que guardar los juguetes.

Entonces oyó un carraspeo a su espalda y cuando se volvió, encontró a Tony en la puerta del balcón.

–¿Cuánto tiempo llevas ahí?

–No mucho –respondió él. Se había cambiado de ropa y llevaba un pantalón color caqui y una camisa oscura–. Yo puedo haceros algo en la cocina.

–¿Estás seguro?

–Totalmente.

–Muy bien. Vamos a guardar los juguetes y…

–Lo haremos nosotros, ¿verdad, amigo? Así tú podrás descansar un rato.

Kolby lo miró con el mismo recelo de siempre, pero no le dio la espalda, probablemente porque Tony mantenía las distancias.

–Muy bien –dijo Shannon, levantándose–. Yo voy a…

–Hay un piano Steinway en el piso de abajo. Alys o uno de los guardias pueden decirte dónde está si te apetece tocar un rato.

Shannon se miró las manos. Hacía tanto tiempo que no tocaba, desde que tuvo que vender el piano para pagar a los acreedores. La música había sido su único refugio durante esos años solitarios con Nolan.

Qué considerado era Tony por darse cuenta, pensó. Del mismo modo que había elegido flores basadas en las diversas facetas de su personalidad, había detectado la creatividad que ella misma casi había olvidado.

–Sí, me gustaría mucho –consiguió decir, a pesar de que le temblaba la voz–. Gracias por pensar en mí y por pasar tiempo con Kolby.

Era un hombre que veía más allá de las necesidades materiales… era un tesoro en realidad.

Emocionada, Shannon miró hacia atrás antes de salir de la habitación. Antonio Medina de Moncastel, príncipe y multimillonario, estaba sentado en el suelo con su hijo, colocando un trenecito de madera.

–¿Tu madre te ha hecho alguna vez un cíclope?

–¿Qué es eso? –preguntó el niño.

–En cuanto terminemos de guardar los juguetes, te lo enseñaré.

Shannon se llevó una mano al corazón, emocionada.

Alys le indicó cómo llegar a la sala de música y cuando entró, se quedó extasiada. Más que una sala de música parecía un salón de baile, con suelos de madera brillante, techo abovedado y lámparas de araña que brillaban a la luz del sol que entraba por los ventanales.

Y el piano de cola, un Steinway, era magnífico. Shannon pasó los dedos sobre las teclas de marfil con reverencia antes de hacer una escala. Pura magia.

Suspirando, se dejó caer sobre la banqueta, pero de repente tuvo la sensación de ser observada y giró la cabeza…

Sentado en un sillón, tras ella, estaba Enrique. Incluso enfermo y anciano, el depuesto monarca irradiaba carisma. Los perros dormitaban en el suelo. Llevaba un sencillo traje oscuro perfectamente planchado, aunque le quedaba un poco ancho. Había perdido peso desde que llegaron a la isla, pensó.

–No te preocupes por mí –murmuró.

¿La habría enviado Tony allí a propósito?, se preguntó. Pero dada la tensa relación entre los dos hombres, no lo creía.

–No quiero molestarlo.

–No me molestas en absoluto. No hemos tenido tiempo de hablar a solas.

Hablaba con un acento musical que algunas veces le recordaba a Tony.

–¿Toca usted el piano?

–No, yo no. Pero mis hijos lo estudiaron de pequeños.

–¿Tony sabe tocar?

Enrique sonrió.

–No, no mucho. Tony sabe leer una partitura, pero no le gustaba estar sentado en la banqueta durante las clases. Nunca podía estarse quieto.

–Me lo imagino.

–Lo conoces bien –murmuró Enrique–. Duarte

es más disciplinado, un experto en artes marciales. Pero la música... no, él toca como un robot.

–¿Y Carlos, su hijo mayor? ¿Qué tal le fue con las lecciones de piano?

El rostro del rey se ensombreció.

–Carlos tenía un don. Pero ahora es cirujano y usa las manos de otra manera –Enrique sacó el reloj de oro del bolsillo y volvió a guardarlo un segundo después–. ¿Estás enamorada de mi hijo?

La pregunta dejó a Shannon perpleja, pero debería haber imaginado que aquel hombre no perdería el tiempo.

–Es una pregunta muy personal.

–Y puede que yo no tenga tiempo para esperar una respuesta –Enrique dejó escapar un suspiro–. Debería haber sacado antes a mi familia de San Rinaldo –empezó a decir, como si estuviera hablando solo–. Esperé demasiado tiempo y Beatriz pagó un precio muy alto por ello.

El sorprendente giro de la conversación sorprendió a Shannon.

–Aquel día, cuando empezó el golpe de Estado, todo era un caos. Habíamos planeado que mi familia usaría una ruta de escape y yo usaría otra. Pero los rebeldes encontraron a mi familia y Carlos resultó herido...

La imagen de violencia y terror parecía algo de una película, algo irreal, pero ellos lo habían vivido de verdad.

–¿Tony y sus otros dos hijos presenciaron la muerte de su madre?

Enrique asintió con la cabeza.

–Antonio tuvo pesadillas durante un año y luego se obsesionó con el mar, con el surf. Desde ese momento vivía para marcharse de la isla.

Ella conocía la historia, pero sólo entonces entendió el horror que habían vivido. Y entendió también que el deseo de Tony de protegerla tenía más que ver con el cariño que con el deseo de controlarla. Él no quería aislarla o ahogarla como había hecho su marido. No, él intentaba ayudarla porque no había podido ayudar a su madre cuando era niño.

Y saber eso hacía que fuera más fácil abrirle su corazón, arriesgarse.

Se daba cuenta de que había sufrido mucho de pequeño y que ese sufrimiento lo había convertido en el hombre que era. Y no podía seguir ignorando la verdad.

Lo amaba.

Unos pasos en la entrada hicieron que girase la cabeza y, al ver a Tony, Shannon se levantó. Pero enseguida se dio cuenta de que sus ojos parecían fríos, su expresión, helada.

–Tenemos un serio problema de seguridad.

Capítulo Trece

–¿Dónde está Kolby? –exclamó Shannon, asustada.

El anciano rey tomó su bastón para levantarse, los perros despertaron inmediatamente y se levantaron para seguir a su amo.

–¿Qué ha ocurrido?

–Kolby está bien y no hay nadie herido, no es eso –dijo Tony.

–¿Qué ha ocurrido entonces? –preguntó Enrique–. ¿Alguien ha entrado en la isla?

–No, en la isla no ha pasado nada. Pero sí en el aeropuerto, cuando el avión de Eloísa y Jonah aterrizó en Carolina del Sur. La prensa estaba esperándolos y sabían que venían de la isla.

–¿Y esa atención de la prensa no podría tener que ver con la familia Landis más que con nosotros?

–No –respondió Tony, sacudiendo la cabeza–. Sólo le hicieron preguntas a Eloísa sobre su padre, el depuesto rey de San Rinaldo.

–Dios mío… –murmuró Enrique.

Alys entró en ese momento empujando la silla de ruedas.

–Majestad, lo llevaré a su despacho para que hable con el jefe de seguridad.

El rey se dejó caer pesadamente sobre la silla.

–Gracias, Alys.

Nerviosa, Shannon iba a seguirlos, pero Tony la tomó del brazo.

–Tenemos que hablar.

–¿Qué ocurre? –preguntó ella, asustada–. ¿Hay algo que no me hayas contado?

–La información ha salido de aquí. Alguien ha llamado esta tarde a un móvil desconocido.

–¿Desde aquí? Pero los empleados de tu padre son absolutamente leales…

–Tenemos una grabación en cámara –Tony sacó su iPhone del bolsillo y le mostró la imagen de una mujer en albornoz, al borde de la piscina, hablando por teléfono.

Era su albornoz.

–Pero no lo entiendo… ¿crees que he sido yo? ¿Crees que yo he alertado a los medios de comunicación?

Tony no contestó y el corazón de Shannon se volvió loco. Pero no podía ser. Tony no era Nolan, él no la traicionaría nunca.

–Entiendo que tu padre te educó para que desconfiases de todo el mundo y es lógico, pero tienes que saber que yo no haría algo así.

–Sé que harías cualquier cosa para asegurar el futuro de tu hijo. Quien haya dado esa información recibirá una gran cantidad de dinero –Tony la miraba con expresión helada.

–¿De verdad crees que yo haría eso? ¿Que pondría a tu familia en peligro por un puñado de dólares? –exclamó ella, furiosa–. Yo no quería nada de esto y tú lo sabes. Mi hijo y yo éramos felices sin ti, sin esta isla… ¡contéstame, maldita sea!

–No sé qué pensar –Tony se apretó el puente de la nariz con dos dedos–. Dime que fue un accidente, que llamaste a alguna amiga para charlar porque estabas aburrida y esa amiga vendió tus secretos…

–No he llamado a nadie y no pienso defenderme de tan absurdas acusaciones. O confías en mí o no lo haces, eso es todo.

Tony la tomó por los hombros.

–Yo quiero confiar en ti. Iba a pedirte que te casaras conmigo esta misma noche… pensaba llevarte a la capilla y pedir tu mano.

A Shannon se le encogió el corazón. Si no hubiera ocurrido aquello, estaría celebrando su compromiso con Tony esa noche, porque habría dicho que sí sin dudarlo un momento.

Pero ya no era posible.

–¿De verdad pensabas que podríamos casarnos cuando no tienes ninguna fe en mí? –le preguntó, entristecida–. En el ramo deberías haber incluido azaleas, dicen que representan las pasiones frágiles.

Cuando iba a darse la vuelta, Tony la tomó del brazo.

–¡Maldita sea, estamos hablando!

–No te acerques a mí, ni ahora ni nunca.

–¿Dónde vas?

–Tengo que hablar con Alys para preguntarle cómo puedo salir de aquí. Me marcho –respondió Shannon, irguiendo los hombros. El orgullo y su hijo eran todo lo que le quedaba. Eso y un corazón roto–. Kolby y yo volvemos a Galveston.

–¿Dónde están Shannon y el niño?

Tony, que estaba sirviéndose un coñac en el estudio, se dio la vuelta al oír la pregunta de su padre.

–Tú sabes muy bien dónde está. Sé que no se te escapa nada.

Llevaban dos horas estudiando la situación y las repercusiones. La prensa se había vuelto loca con Eloísa y su conexión con el depuesto rey de San Rinaldo. Le dolía pensar que Shannon había tenido algo que ver, aunque se decía a sí mismo que debía de haber sido un accidente.

Y si había sido eso, podría perdonarla. Ella no había vivido esa vida desde pequeña, no entendía lo discretos que debían ser y si admitía que había sido así, podrían seguir adelante.

–Aparentemente, no me entero de todo lo que ocurre bajo mi techo, porque alguien ha hecho una llamada que ha puesto nuestra posición y la de Eloísa en peligro. He confiado en alguien en quien no debería haber confiado.

–Esas cosas pasan.

Enrique sacudió la cabeza.

–Me dejé guiar por el corazón en San Rinaldo y fracasé. Tenía tanto miedo de que os pasara algo a vosotros o a vuestra madre, que no tracé un plan de escape apropiado.

¿El invencible Enrique admitía un error?

–Tú tomaste una ruta diferente para confundir a los rebeldes. Podrías haber caído tú, de modo que no fuiste egoísta, al contrario.

–No lo pensé bien –insistió su padre–. Creí que mi plan era perfecto... pero estaba pensando con el corazón y esos asesinos conocían mi debilidad.

Tony dejó la copa sobre la mesa, sin tocarla, con el corazón encogido por el dolor de su padre.

–Hiciste lo que pudiste.

¿Podía él decir lo mismo en lo que se refería a Shannon?

–Intenté hacerlo, pero fracasé. Y luego volví a intentarlo cuando os traje a esta isla...

–Pero los tres nos fuimos de aquí.

–Mi único objetivo era manteneros a salvo hasta que fuerais mayores de edad y los tres habéis sobrevivido. No sólo eso, habéis triunfado fuera de aquí, sin mi ayuda. Y eso hace que me sienta orgulloso.

Aunque no le estaba diciendo nada que no supiera, Tony se dio cuenta de algo por primera vez: su madre había intentado protegerlo con aquella manta que lo ocultaría mientras huían por el bosque, pero a su manera, su padre había hecho lo mismo. Llevaba años resentido con él porque los encerró en una isla, pero lo único que quería era salvar sus vidas.

Y tal vez su padre se dio cuenta de que lo entendía, porque esbozó una sonrisa.

–Y ahora, hijo, piensa en Shannon de manera lógica y no actúes como un crío enamorado.

¿Un crío enamorado? Eso le dolió porque era verdad. Amaba a Shannon y amarla nublaba su juicio. No era capaz de pensar con claridad.

Hasta aquel momento.

–Shannon es una mujer juiciosa que nunca haría nada que pudiera perjudicar a su hijo –dijo entonces–. Ella nunca habría hecho esa llamada, estoy absolutamente seguro. Además, la imagen de la cámara de seguridad… no se le ve la cara y yo asumí que era ella porque llevaba su albornoz, pero está claro que era otra persona, alguien de estatura y aspecto similar… ¿Alys?

–Apostaría lo que fuera a que ha sido ella –dijo su padre, furioso.

Shannon no había hecho nada malo…

–Me pregunto si Alys fue quien pasó la información a Global Intruder sobre la foto de Duarte… –Tony tuvo que apoyarse en la pared–. ¿Dónde está ahora?

Enrique le hizo un gesto con la mano.

–Yo me encargo de eso, no te preocupes. ¿Tú no tienes algo más importante que hacer, hijo?

Tony miró su reloj. Faltaban cinco minutos para que el ferry se fuera de la isla y tenía que ver a Shannon para decirle que confiaba en ella, que había estado equivocado.

Y para pedirle perdón.

Tenía cinco minutos para demostrarle cuánto la amaba.

El silbato del ferry anunció que estaban a punto de dejar el muelle.

Con Kolby en brazos, Shannon miró la exótica isla por última vez. Aquello era difícil, mucho más de lo que había esperado. ¿Cómo iba a volver a Galveston, donde había tantos recuerdos de Tony? No podía hacerlo. Tendría que mudarse, empezar en otro sitio.

Aunque en cualquier otro sitio habría recordatorios de él. No podría poner la televisión, no podría mirar Internet sin ver alguna fotografía suya...

Pero al pensar en la poca confianza que tenía en ella se le partía el corazón...

–¿Mamá? –murmuró Kolby–. ¿Qué te pasa?

Shannon giró la cara para que su hijo no la viera llorar.

–No me pasa nada, cariño. ¿Tú crees que habrá algún delfín? ¿Recuerdas como nos seguían cuando nos acercábamos a la isla?

El niño señaló entonces con la mano.

–Tony viene corriendo.

Shannon giró la cabeza sorprendida. Era cierto, Tony corría hacia el ferry...

Con el corazón acelerado, dejó a Kolby en el suelo y se apoyó en la borda, intentando aguzar el oído. Pero el viento y el ruido de los motores impedían que oyera lo que decía...

Y Tony seguía corriendo.

«Dios mío, no estará pensando en saltar al ferry».

Con el corazón en la garganta, Shannon lo vio saltar desde el muelle y caer en cubierta con la agilidad de un atleta.

–¡Shannon!

–Tony…

–He sido un idiota, perdóname –empezó a decir él, con el viento alborotando su pelo–. Debería haber imaginado que no harías nada que pusiera en peligro a Kolby o a mi familia. No he confiado en ti y no sé cómo pedirte perdón.

Aunque Shannon apreciaba el romanticismo del gesto, una parte de ella seguía necesitando pruebas. La confianza era algo muy frágil, pero crucial en una relación.

–¿Y por qué has cambiado de opinión? ¿Has encontrado una cinta que demuestra mi inocencia?

–He hablado con mi padre y él me ha hecho ver que me estaba portando como un crío. Sé que tú no has avisado a la prensa, Shannon. Alys debió de hacer esa llamada… pero nada de eso tiene importancia. Lo único que importa es que me perdones.

–Tony, sé que tu infancia te dejó marcado, pero no puedo dejar de pensar que siempre tendrás miedo de que te traicione. Y no quiero tener que pasar el resto de mi vida demostrándote que puedes confiar en mí.

–Y yo no espero que lo hagas –Tony tomó su mano y se la puso sobre el corazón–. Tienes razón, yo estaba equivocado. Lo que siento por ti me asusta, pero la idea de perderte es mucho más aterradora que cualquier otra alternativa.

–¿Qué estás diciendo?

–Mi vida es muy complicada, Shannon. Alys podría contar todo lo que sabe y, si es así, todo será aún más difícil para nosotros. Vivir conmigo no será un lecho de rosas, cariño. Para el mundo siempre seré Antonio Medina de Moncastel, el hijo de un rey. Y espero que tú quieras ser parte de mi familia.

–Pero yo…

Él clavó una rodilla en el suelo.

–Shannon, ¿quieres casarte conmigo? Deja que sea tu marido y el padre de Kolby –Tony alargó una mano para acariciar el pelito del niño–. Y de los hijos que tengamos juntos. Te prometo que nunca más volveré a desconfiar de ti, nunca.

Shannon tiró de él para abrazarlo, incluyendo a su hijo en el círculo.

–Sí, me casaré contigo, Tony Castillo, Antonio Medina de Moncastel. Te quiero, Tony. Me has robado el corazón para siempre.

–Gracias a Dios.

Shannon perdió la noción del tiempo hasta que los miembros de la tripulación empezaron a aplaudir y el capitán dio órdenes de volver al muelle.

De pie sobre cubierta, abrazada a Tony, miró hacia la isla, un sitio que visitaría en muchas ocasiones a partir de aquel momento.

Y él apoyó la barbilla en su frente, su cálido aliento le acariciaba la cara.

–La leyenda de la brújula es cierta. He encontrado el camino de vuelta a casa, a mi hogar.

Sorprendida, Shannon levantó la mirada.

–¿La isla?

Sacudiendo la cabeza, Tony levantó su cara con un dedo para buscar sus labios.

–No, Shanny, tú eres mi hogar.

Deseo™

Retorno a la pasión

EMILY McKAY

La subasta de una mujer soltera, Claire Caldiera, para una obra de beneficencia proporcionó al millonario Matt Ballard la oportunidad que llevaba tiempo esperando: pasar una velada con Claire.

Claire había abandonado a Matt hacía tiempo y él echaba de menos a esa mujer cuya traición había estado a punto de acabar con él. Su plan era seducirla, sacarle información de su pasado y ser él quien la abandonara. Pero una sola caricia de Claire bastó para prender el fuego de una pasión adormecida.

¿Cuánto estaba dispuesto a pagar?

Bianca™

¡Él estaba dispuesto a impedir la boda de su hermana!

El implacable Daniel Caruana haría cualquier cosa para evitar que su hermana se casara con su rival. Daba la casualidad de que quien organizaba la boda era la hermana del novio. En persona, a pesar de que vestía de forma muy convencional, Sophie Turner era muy tentadora. Ojo por ojo, hermana por hermana...

Daniel lograría tener a Sophie exactamente donde quería que estuviera: ¡con él en su isla privada y voluntariamente en su cama! Pero cuando se dio cuenta de que el amor verdadero sí que existía, no iba a ser sólo su hermana quien iba a estar en apuros...

Prisionera en el paraíso

Trish Morey

Deseo™

La hija del millonario

PAULA ROE

El multimillonario Alex Rush no tenía
ni idea de que la mujer a la que había
amado tanto, Yelena, había sido madre; la paternidad de la hija de Yelena
lo tenía intrigado y la idea de que ella
hubiera estado con otro hombre lo
quemaba por dentro. La química que
había entre ambos hizo que se acer-
caran de nuevo el uno al otro, pero la
verdadera paternidad de la niña podía destruir una atracción imposible
de parar.

¿Quién sería el padre de la hija
de Yelena Valero?